The Welkin

ルーシー・カークウッド
徐賀世子＝訳

ザ・ウェルキン

小鳥遊書房

Lucy Kirkwood

CONTENTS

凡例

・原著者の意向により、出版されているものではなく、ナショナルシアターで上演された際の台本をもとに翻訳した。
・本書は二〇二二年上演のシス・カンパニー公演『ザ・ウェルキン』の上演台本をもとにしている。
・明らかな原書の間違いと思われるところは、適宜修正して翻訳した。
・キャラクターや状況のニュアンスによって、漢字のトジル・ヒラクは不統一にしたところがある。
・原書のフォントに準じて、太字や丸字、傍点にしたところがある。
・補足が必要と判断したところには、〔 〕で訳者による割註を入れた。
・語句の説明などは文中に＊の印を付し、戯曲末に訳註を記した。

ザ・ウェルキン

THE WELKIN

被告人

殺人犯、サリー・ポピー、二一歳ぐらい。

婦人陪審員

助産婦のエリザベス（リジー）・ルーク、三五歳ぐらい。

他

ジュディス・ブルーアー——年長者。

シャーロット・ケアリー——年長者。

キティ・ギブンズ——若いスコットランド人。

ヘレン・ラドロー——中年。

サラ・ホリス——中年、リジーより年上。

エマ・ジェンキンズ——中年。

アン・ラベンダー——若い女性。

メアリー・ミドルトン——妊娠中の若い女性。

ハンナ・ラスティッド——若い女性。

サラ・スミス　――――年長者。
ペグ・カーター　――――妊娠中の若い女性。

他

下級公務員：ミスター・クームス
サリーの夫：フレデリック・ポピー
医者：ドクター・ウィリス
（同じ役者が演じる）
助産婦リジーの娘：ケイト・ルーク
被害者：アリス・ワックス
（同じ役者が演じる）
アリスの母親：レディ・ワックス

判事は声のみの出演とするが、他の役者を兼任させるのではなく判事としてキャスティングすること。聞こえる声は、ライブでも録音でもよいが、神を連想させるようなものであること。また上方から聞こえてくるようにすること。

芝居の舞台は一七五九年の三月、ノーフォークとサフォークの州境。

陪審員については、民族的ルーツは多岐にわたっていてかまわない。一七五〇年代のイーストアングリア[*1]ではなく、芝居が上演される現代のその場所における民族の比率をそのまま反映させることが大切である。

第一幕

一・家事

シャーロット・ケアリーは錫製《すず》の器物を磨いている。

エマ・ジェンキンズは夫のシャツの襟を石鹸で洗っている。

ハンナ・ラスティッドは天秤棒を使って水が入った桶を運んでいる。

ヘレン・ラドローはロウソクの光で洋服を繕っている。

アン・ラベンダーは泣き叫ぶ赤ん坊のオムツを替えている。

キティ・ギブンズは砂とブラシを使って床を磨いている。

ペグ・カーターは枝ボウキで床と天井を掃いている。

ジュディス・ブルーアーはスムージングストーン（仕上げ石）を使ってリネンの折り目をしっかりつけている。

サラ・ホリスはラグを叩いて埃を出している。

メアリー・ミドルトンは揺りかごを足で揺らしながらパン生地をこねている。

サラ・スミスはキジの羽根をむしっている。

エリザベス・ルークは絞り機のところで洗濯物を干している。

赤ん坊が泣き、ブラシをこする音がし、水がはね、粉が膨れ、羽根が飛び散り、銀食器がキュッキュと音を立て、ホウキや絨毯から埃が舞い立つ。

二・事件のあった夜

夜中。小作人の家。暗がりにはサリー・ポピー、フレデリック・ポピーは一本のロウソクを持っている。サリーは何かを探している。観客は、まだ彼女の姿が明瞭には見えない。

フレッド　戻ったのか。
サリー　寝てるかと思った。
フレッド　何も言わずに四ヵ月だぞ。
サリー　これに一〇シリングと、高そうなレース入れといたんだけど、どこ？
フレッド　四ヵ月だぞ、言うことねえのか。
サリー　たった四ヵ月？　もっとかと思った。ここに入れてあった一〇シリングと上等なレース、どこ、フレッド？
フレッド　使った。
サリー　あんたのじゃない、私が貯めた、私の金。
フレッド　俺を騙して盗った金だ。お前、／どこに居たんだ
サリー　（前の／からかぶせて）キッタない部屋、ホウキも使えないんだ？

フレッド　サリー。
サリー　帰る気なんかなかった。帰るとしたらずっと先、あんたが白髪だらけのジジイになる頃だと思ってたのに、何も変わってない、前よりキッタない。
フレッド　このアマ、／どこに
サリー　(前の／からかぶせて) がっかり。
フレッド　いやがった？

一拍置く。

サリー　彗星が見たかった。
フレッド　彗星？
サリー　ハレーって学者が[*2]、彗星が現れるって予言してた。
フレッド　(小声で) こいつ、彗星？　十一月、お前は他の男の馬に乗って／出て行った。
サリー　(前の／からかぶせて) 違う。
フレッド　違わない、見てたヤツがいるんだ、彗星は／どうでもいい
サリー　(前の／からかぶせて) あのさ
フレッド　俺が喋ってんだ。

サリー　あ〜。

フレッド　お前のせいで教会でウソを言ったんだぞ、お前は病気のイトコの面倒を見に行ったって。神様にだぞ！

サリー　教会は家事と同じ、やっと終わったと思っても一週間したらまた同じことをやる。繰り返し何回も。

フレッド　だとしてもお前の魂についた垢は落とせない。床磨きと違ってな。

サリー　ホントだね、床を磨くほうがずっと大変だよ、特にうちみたいに犬がいるとね。ポペットちゃんはどこ？

フレッド　繋いでる、裏に。

サリー　餌は？

彼はロウソクを置き、自分のベルトを外す。サリーはロウソクを取り、その灯りを使って、もう三本のロウソクに火を灯す。

フレッド　やってねえ。餌なんてあの畜生には贅沢だ、スカートを上げろ。手は壁。

サリー　どっち？　両方できないよ。

彼女が振り向く。観客は初めて光に浮かび上がる彼女の全貌を見る。頭からつま先まで血だらけである。

フレッド　オイ。

彼は持っていたベルトを落とす。

フレッド　怪我してるのか？

フレッドは大慌てしつつも、慎重に丁寧に出血箇所を探そうとする。

フレッド　誰がやった？　誰にやられた？
サリー　誰にもやられてない。
フレッド　傷がない……どこ／だ？
サリー　（／からかぶせて）傷はない。私の血じゃない。
フレッド　でも……なら／何で
サリー　（／から　かぶせて）それよりあんた臭いよ。

フレッド　臭い……外便所の糞尿を掘り出す仕事をしてたんで……
サリー　この土地は秘密がいっぱい、なのにまだ丸見えの外便所で用を足して、その土から収穫したものを食べてるんだ。
フレッド　誰の血だ？　誰の――ホントに――ホントにお前、何があったんだよ、事故か？

サリーはポケットからハンマーを取り出す。

サリー　事故じゃないよ。
フレッド　誰の血だ？　サリー誰の血だ？　言え！
サリー　子どもができた。あんたの子じゃない。
フレッド　嘘をつくな！

彼は彼女を平手で打つ。

サリー　一〇シリング返して。行かなきゃ。
フレッド　この／アマ
サリー　（／から　かぶせて）ミッドナイトウーマン*3に払わなきゃ／陣痛が来たら

フレッド　（／から　かぶせて）キッタねえ、クソ淫売が。
サリー　子どもを産むのは汚いことじゃない。
フレッド　あばずれ。
サリー　いや汚いかな、たぶん誰のタネかによる、誰が取り上げるかにも――やめて。

彼はサリーのハンマーを取ろうとしたのか、彼女は彼を押しやろうと力を振り絞る。

サリー　やめて。もうヤダ。

フレッドはガクリと膝をつき天を見上げる。

フレッド　神よ、許したまえ。

サリーはあくびをする。

サリー　（小声で）あのねえ神様は上にはいないよフレッド。私たちの中にいるんだ。身体の中に。あんたの身体の中だよ、私の中にもポペットの中にもいる。あんたの血、肉、脳みそ、脳みそは窓を拭いたあとのスポンジみたいだけどさ、その中にいるんだよ。古雑巾みたいなスポンジ。もう一度言うよ。一〇シリング返して。レースはくれてやるから。

フレッドは恐怖とみじめさをにじませ、泣く。

フレッド　何があった？　何をやらかしたんだ？

サリーは反対のポケットから、空色のリボンがついた長い金色の三つ編みの束を取り出す。ロウソクの一本を使ってそれを燃やす。

フレッド　サリー・ポピー、どこにいたのか今すぐ言え！

サリー　神を見てたんだよ。

突然暗転。暗がりの中から、バターを作るために攪乳器《かくにゅうき》を突く音が聞こえる、力強い連続音である。

三・処刑の日

洗濯日、リネン類が干されている。
エリザベス・ルークは攪乳器でバターを作っている。
クームスが登場する。ラッパ水仙の花束を持っている。肩腕は吊り包帯で吊っている。

クームス　こんにちは、ミセス・ルーク。
エリザベス　こんにちは、ミスター・クームス。
クームスはエリザベスを見る。エリザベスは彼が自分を見ていることを意識している。
エリザベス　ごめんなさい、今お喋りできないんです、バターがダメになっちゃう。
クームスは彼女を見続ける。
エリザベス　（抑えた声で）今はやめて、ビリー。

クームス　木曜日／来なかった
エリザベス　（／からかぶせて）しー。
クームス　一時間十五分も待ってたのに。
エリザベス　終わりにするって言ったでしょ。

エリザベスはため息をつく。攪乳器の棒の持ち方を変える。額の汗をぬぐう。

クームス　悪いことじゃないだろう？　独り身と未亡人なら。
エリザベス　私は未亡人だけど、あんたの奥さんはぴんぴんしてるじゃない。
クームス　あいつはローストフトの町[*4]に行ったきり、帰ってこない。
エリザベス　何の用？

彼は微笑んでラッパ水仙を渡す。

エリザベス　ビリー！
クームス　わかったよ。巡回裁判[*5]のことで来たんだ。既婚女性の陪審員が要る、判事がお呼びだ。
君を連れてこいって。

エリザベス　私を？
クームス　そう。
エリザベス　他の人じゃダメなの？
クームス　君を連れてこいって。
エリザベス　ご指名なの？
クームス　ベテラン助産婦だから。
エリザベス　今日は大洗濯の日だって言ってくれない？
クームス　洗濯ごときのために司法は止められない。
エリザベス　少し待ってもらえる？
クームス　市民としての義務だ。
エリザベス　困っちゃうなあ。
クームス　何とたくましい腕。
エリザベス　ビリー。
クームス　アリス・ワックス殺しの犯人が捕まって、裁判があった。

エリザベスが驚いて顔を上げる。間。

エリザベス　知らなかった、じゃ、死体で見つかったんだ。
クームス　一昨日、ほらパールハウス知ってるだろ、あの古い家、あの家の上にカラスが群がっているのを牧師さんが見たんだよ。暖炉に二つの袋が押し込まれてて、その中にアリスちゃんのバラバラ死体が入ってたって。
エリザベス　ワックス卿のお嬢様が煙突掃除とはねえ。
クームス　リジー！　十一歳の子が殺されたんだぞ！　ワックス様のご家族はみんないい方ばかりだ。
エリザベス　そうよね。自分たちと、下々の人間と、きっちり区別する礼儀をわきまえていらっしゃる。それが今や世間の荒波にもまれる身か。
クームス　何てことを言うんだ、悲しみのどん底にいる人に！
エリザベス　ごめん、疲れてるの。
クームス　まだ陽は高いよ。
エリザベス　それでも疲れてるの、何が言いたいの？
クームス　リジー／頼むから
エリザベス　（／からかぶせて）この土地の人は、子どもが死ぬと可哀そうにって同情するけど、大人の男が死んでも、平気よね。

エリザベスは再び攪乳器を突き始める。

クームス　そりゃあんたには同情するよ。でもジョン・ワックス卿は立派な方だし——

エリザベス　ジョン・ワックスは私の妹の旦那の土地を取り上げたんだよ、牧草地だよ、代わりにくれたのはちっぽけな、役立たずの土地、元の土地の四分の一の大きさだよ、それにあいつはデイビッド・スワインを吊るし首にした。ブラック法*6を盾に、デイビッドを密猟者だって決めつけて。

クームス　デイビッドだってブラック法のことは知ってたさ。

エリザベス　吊るし首にされたんだよ！　この国では邪悪なことが起きてる、子どもが死ぬよりもっとひどいことが。

クームス　じゃあレディ・ワックスは？　気の毒に死ぬまで地獄の苦しみだぞ。

エリザベス　いいんじゃないの。あの女は、生まれてこのかた一度だって何かを奪われたことはないよね、これで少しは人に優しくなるんじゃないか、霜が降りると野菜が甘くなるみたいにさ。

クームス　そんなきつい物言い、初めて聞いた。

エリザベス　あんたとは、家事してる最中に、会ったことないからね。

エリザベスが搾乳器から離れる、疲れている。

クームス　キス。

エリザベス　イヤ。

クームス　ほら。

エリザベスがため息をつく。周りに人がいないことを確認し、クームスにキスをする。彼は彼女の頭を撫でる。

クームス　言い争う気はないけどさ、リジー。ちょっと偏見が入ってないか。俺、ワックス様にはよくしてもらってる。

エリザベス　いつから？

クームス　仕事をもらったときから。

エリザベス　仕事？

クームス　カラスを追っ払う仕事。

エリザベス　子どもの仕事だね。

クームス　仕事は仕事だ。

エリザベス　何でも屋じゃないよね、本職は屋根葺《ぶ》きだよね。
クームス　片腕じゃ屋根は葺けない。この一年、本当にきつかった。
エリザベス　知ってるよ。
クームス　町の人みんな知ってる、みんな俺を笑ってる、ワックス様ご一家以外は。今朝、小作人用の家を使っていいと言われた。家だよ、こんな状態の俺に、情け深い方たちだよ。
エリザベス　どの家？
クームス　イタチのハンフリー爺さん、あいつが住んでるところ知ってるか？
エリザベス　いつも蜂でいっぱいの家？
クームス　そこだよ。広いんだ。

エリザベスは攪乳器を取り、作業を再開する。

エリザベス　情け深いとは思わないけどレディ・ワックスは気の毒だね。お嬢さん、いつもキレイなヒダのついた帽子をかぶってた。犯人、捕まってよかった。
クームス　ゆうべ引っ張られた。男と女の二人組だ。どっちも十八分で有罪になった。
エリザベス　地元の人間？
クームス　トーマス・マッケイはよそ者だ、スコットランドから来た男だ。もう、今朝、吊るし首にされたよ。見物人が大勢押し寄せて、ありゃあ見ものだった。
エリザベス　人が死ぬとこ見てどうすんのよ、しょうもない。私はこの二日間、暗い部屋で格闘してた、ラベルさんちの双子を取り上げるんで。
クームス　双子？　男の子一人だって聞いたけど。
エリザベス　女の子も取り上げたよ。
クームス　あ〜。で／女の子は？
エリザベス　（／からかぶせて）数分しか生きられなかった。
クームス　その子もか？　大変だったなあ。

クームスは優しくエリザベスに手を差し伸べる。彼女はそれに甘える。親密に寄り添う二人。

エリザベス　ラベルさん、おかゆも食べてくれないんだよ。
クームス　誰もあんたを責めやしないよ。

エリザベスは再び精力的に攪乳器を突き始める。

エリザベス　十二ヵ月で十二人、子どもが死んだ。

クームス　それも／神の御意思だよ。

エリザベス　（／からかぶせて）真っ先に責められるのは私。神？　誰も神なんか責めない。代わりに責めていい女がいるなら誰も神は責めない。共犯は誰？　それもよそ者？

クームス　いや、サリー・ポピーだ。

エリザベス　知らないねえ。

クームス　フレッド・ポピーの女房だよ。フランシス・コブの娘。

エリザベスは作業を止める。

エリザベス　サリー？　ジャネット・コブの娘？

クームス　まあこうなっても不思議はないよな、あそこは家族揃ってワルだ、父親はクズだし、弟も似たりよったり、母親はすれっからし、みんなアホ面して、最下層の人間だ。サリーも同じ、一〇歳の頃から船乗りとやりまくってた。

エリザベス　ビリー――

クームス　あ～何だよ、本当のことだろ。

エリザベス　でも……ワックス家のお嬢さんのこと知ってたんだろうか。

クームス　以前洗濯女としてワックス邸に雇われてた。

エリザベス　辞めたの？　何で？
クームス　レディ・ワックスの衣装ダンスから胸当てがいくつか消えた、サリーの仕業だったらしい。
エリザベス　ああ、あ、じゃあサリーは自白した？
クームス　いや、でも有罪は明白だ。サリーの旦那が証言した、夜中に血まみれになって、手にハンマーを握って帰ってきたって、でもって大笑いしながら悪魔を崇める言葉を吐き続けてたって。
エリザベス　幸せな結婚じゃないって聞いてたけど。
クームス　そうだな、まあ、旦那はやっと解放されたな。いつも機嫌の悪い女房をもったらこの世の地獄だからな。
エリザベス　で、サリーは、サリーは絞首刑？　もう決まり——？
クームス　そうだ、吊るされる、巡回裁判所の外には五〇列の人垣ができてるよ、みんな刑の執行を見たくて詰めかけてるんだ、でもサリーはお腹に子どもがいるって主張してさ。それで女の陪審員、十一人は集まったんだが、十二人必要なんだ。

エリザベスは動揺した様子で頭を振り、また攪乳器の棒を突き始める。

エリザベス　他に誰か探して。私には無理。
クームス　孕《はら》んだなんてウソに決まってる。
エリザベス　ウソだとしてもそれを断定するのはイヤ。
クームス　アリスお嬢様のお母さんはぶっ倒れて悶《もだ》え苦しんでるんだぞ！
エリザベス　サリーの母親はどうなのよ？
クームス　サリーの？　この世に悪魔を誕生させたのはジャネット・コブだろう。
エリザベス　あのね、この世にサリーを誕生させたのは私。ジャネットは金切り声をあげただけ。
クームス　サリーを取り上げたのか？
エリザベス　私の初仕事。あと三日で十四になるってとき、母さんがテコでもベッドから出てこなくて、私が取り上げてジャネットに抱かせてやった。

エリザベスが攪乳器を突くのを止める。間。

エリザベス　小さかったあ。
クームス　もう赤んぼじゃない。ワルそうな顔してたぞぉ。ありゃあ、絶対、産道を通るときワルの焼き印を押されたな。

エリザベスが再び攪乳器を突き始める。

エリザベス　そう。母親になれば変わるかも。
クームス　子どもなんかいないって！　騙されてるよ。
エリザベス　私は信じる。
クームス　会ってもないのにか！
エリザベス　冷たい旦那の証言で、冷たい部屋で、冷たい男たちに裁かれた、誰も弁護してくれない、窓の外には野次馬の目。もしウソだったとしてもサリーを責められない、私だってサリーの立場ならウソをつくもの。生き埋めにされたら誰だって死に物狂いで穴から出ようとするでしょう、女なんだし。

クームスは彼女の後ろに回り、スカートに手を入れまさぐる。

クームス　あいつと一分も一緒にいたらそんな考えは吹き飛ぶね。本業の他に、長いこと公務官をやってきたけど、あんなワルは初めてだ。今朝、水を一杯くれと言ってきた。思わず考えた。悪魔が水を飲む。何で悪魔が水なんてつまらないものを取り引きするんだ？

クームスは彼女の首にキスする。

エリザベス　悪魔じゃないからじゃない？　誰かをかばっておかしくなってるだけかもしれない、そのために絞首刑になるのに。

エリザベスが攪乳器を突くのを止める。非常に不安そう。クームスの手を払いのける。

クームス　あ〜今度は何だよ？　元気出せよ。何だよ、そんな顔見たくない、こっちが落ち込むよ。

エリザベス　お願いビリー。判事に私は留守だったたって言って。

クームスはため息をつく。

クームス　好きにしろ。引っ張ってくわけにいかないしな。お前なしで十一人でやったほうが却《かえ》って早いや、サリーを助けたいって陪審員は一人もいないからな。

エリザベスがクームスを見上げる。

クームス　ケンカはしたくないんだよ。

間。

エリザベス　ケイティ！

ケイティが走って現れる。彼女は、硫黄を塗られており、まっ黄色になっている。

クームス　これはこれは可愛らしいお嬢ちゃん。

クームスはケイティにラッパ水仙を差し出す、ケイティはそれを嬉しそうに受け取り、照れる。

エリザベス　クームスさんと出かける。ショールを持ってきて。

クームス　（ケイティに）ほら早速お仕事だよ！

ケイティが再び走り去る。

エリザベス　それとパンも一斤お願い！

エリザベスは手早く、バターをすくい取るヘラをまとめて、物干しロープから洗濯物を降ろす。

クームス　ケイティ、まだ治らないのか。

エリザベス　そう。掃除して洗濯して掃除して洗濯して、それでもまだカイカイが出るんだよ。

ケイティがエリザベスのショールとパンを持って戻ってくる。

エリザベス　（ケイティに）バターをお願いね。バターができたら、このヘラですくうんだよ。あと、大きな洗濯物はよくすすいで干しといて。戻ったら一緒にたたむから。

エリザベスはショールをまとい、攪拌棒《かくはん》を集める。

ケイティは棒を突き始める。作業しながら空を見る。

クームス　彗星はいつ来るんだろ、ケイティ？　いっつも空を見てるよな、首が固まっちゃうんじゃないか。

ケイティ　彗星、絶対見る。次に来るときは私もう死んでるもん。

クームス　そんなのわからないだろ。そんな未来のこと、百まで生きるかもしれない。俺の婆さんは生きたぞ。

ケイティ　未来っていつから始まるの？

クームス　いつって、まあ、過去が終わったときからじゃないか。

ケイティ　過去はいつ終わるの？

クームス　あ〜、いつ、たぶん……たぶんそう……**今だ！**

クームスはケイティに飛びつきくすぐり始める、ケイティは笑う。

エリザベス　ねぇ、天気も悪いし、ぐずぐずしてられない。私があなただったらもう歩いてるんだけど。あなた、私より足が短いんだから。

クームスは傷つく。エリザベスはパンを取る。

クームス　置いてけ、そういうものは持ち込めない。

クームスが出て行く。エリザベスはパンをスカートの中に隠す。

ケイティ　どこに行くの？

エリザベス　裁判。助けなきゃいけない子がいるの。バカで頭のおかしい、救いようのない娘、命だけは助けてやらなきゃ。

エリザベスが出て行く。ケイティが攪乳器を突く。
観客がこの作業を嫌になるほど長いと感じるまで、観客はそれを見続ける。
退屈なきつい作業、ケイティの腕が痛くなる。

そして暗転。

四・陪審員選任

攪乳器の音が聞こえ続ける。暗闇の中、判事の声が聞こえる。

判事 シャーロット・ケアリーさん、前へどうぞ。

シャーロット・ケアリーが暗闇からライトの中に出てくる。

判事 右手を聖書に置いて、囚人を見てください。あなたは、婦人陪審員として、現在裁きを受けているサリー・ポピーが子どもを宿しているかどうか、自身の能力及び知識を駆使して入念に取り調べ、正しい判決を導き出すことを神に誓いますか。誓うならば聖書にキスを。

シャーロット サミュエル・ケアリー連隊長の寡婦シャーロット・ケアリーでございます。コルチェスターから参りました。成人した娘が二人おります。自慢の健脚で駆けつけて参りましたのは、裁判に対する好奇心からでございます。五時には夕食の約束がございまして、茹でたベーコンを頂けることになっております。私、茹でたベーコンには目がないんですの。

シャーロットは聖書にキスして暗闇に戻る。

判事　ハンナ・ラスティッドさん、前へどうぞ。

次の婦人陪審員が暗闇から出てくる、ハンナ・ラスティッドである。

判事　右手を聖書に置いて。先の婦人が／誓われたようにあなたも自身の能力を駆使し、考察することを誓いますか。誓うならば聖書にキスを。

ハンナ　（／からかぶせて）ハンナ・ラスティッドです。パンの値段は上がっているのに夫の給金は下がっております。子どもが三人、かつかつです、私、最近、夫が強制的に海軍に入れられる夢を何度も見るんです。それで、天にも昇る気持ちで目が覚めるんです。

ハンナは聖書にキスして暗闇に戻る。

判事　メアリー・ミドルトンさん、前へどうぞ。

次の婦人陪審員が暗闇から出てくる、メアリー・ミドルトンである。

判事　右手を聖書に置いて。

メアリーは左手を聖書に置く。クームスが彼女の耳に囁くと、右手に替える。

判事　先の婦人が／誓われたようにあなたも自身の能力を駆使し、考察することを誓いますか。誓うならば聖書にキスを。

メアリー　（／からかぶせて）メアリー・ミドルトンです。エイモス・ミドルトンの妻です。何を言えばいいんでしょう、あのう、子どもは五人です、あと家に、呪われた蓋つきのコップがあるんです。このコップ、時々、いきなり宙を飛ぶんです、でも見るのは決まって私だけで、エイモスに言っても、蓋つきのいいコップを捨てるなんて冗談じゃないって。

メアリーは聖書にキスして暗闇に戻る。

判事　ヘレン・ラドローさん、前へどうぞ。

次の婦人陪審員が暗闇から出てくる、ヘレン・ラドローである。

判事 先の婦人が／誓われたようにあなたも自身の能力を駆使し、考察することを誓いますか。誓うならば聖書にキスを。

ヘレン （／からかぶせて）ヘレン・ラドローです。夫のトムは生地屋をやっておりまして。プロポーズのとき、ペチコート二枚にハンカチを六枚くれましたの。手織りやらマクラメ編みやら、生地屋の仕事は楽しいんですよ、あ、この八年で十二回流産しました。一人、男の子が生まれたんですけど、死産だったんです。トムは本当に面白い人で、コルセットが破けちゃうかと思うぐらい笑わせてくれるんです。

ヘレンは聖書にキスして暗闇に戻る。

判事 エマ・ジェンキンズさん、前へどうぞ。

次の婦人陪審員が暗闇から出てくる、エマ・ジェンキンズである。

判事 右手を聖書に置いて、囚人を見てください。あなたは、婦人陪審員として、現在裁きを受けているサリー・ポピーが子どもを宿しているかどうか、自身の能力及び知識を駆使して入念に取り調べ、正しい判決を導き出すことを神に誓いますか。誓うならば聖書にキスを。

エマ （前の判事の声と一緒にセリフを話す）ウォルターの妻、エマ・ジェンキンズでございます。乾物屋を営んでおります。家には煙突がございます、家の前の下水は鼻がひん曲がりそうな臭いでございます。息子は生まれたとき五四〇〇グラムもございました。とりあえず家族で仲よくやっております。

エマはハンカチで聖書を拭き、キスすると暗闇に戻る。

判事 アン・ラベンダーさん、前へどうぞ。

次の婦人陪審員が暗闇から出てくる、アン・ラベンダーである。

判事 右手を聖書に置いて、囚人を見てください。あなたは、婦人陪審員として、現在裁きを受けているサリー・ポピーが子どもを宿しているかどうか、自身の能力及び知識を駆使して入念に取り調べ、正しい判決を導き出すことを神に誓いますか。誓うならば聖書にキスを。

アン　（前の判事の声と一緒にセリフを話す）アン・ラベンダーと申します、アンのつづりにEは入っておりません。洗礼名はEが入ってたんですが、夫が、Eがないほうが品がいいと言うのでEはなしにしました。娘が四人おりまして、自然が豊かな素朴なところで子育てをしたかったので最近こちらに引っ越して参りました。夫のウィリアムは詩人です、家事を平等にやりたいと申します、またよく一人で長い散歩に出かけます。本当にしょっちゅう散歩に出かけております。

アンは聖書にキスして暗闇に戻る。

判事　サラ・スミスさん、前へどうぞ。

次の婦人陪審員が暗闇から出てくる、サラ・スミスである。

判事　右手を聖書に置いて、囚人を見てください。あなたは、婦人陪審員として、現在裁きを受けているサリー・ポピーが子どもを宿しているかどうか、自身の能力及び知識を駆使して入念に取り調べ、正しい判決を導き出すことを神に誓いますか。誓うならば聖書にキスを。

サラ・スミス　（前の判事の声と一緒にセリフを話す）サラ・スミス。生まれは一六七六年です。子ども、二一人、歴代の夫、三人、子どもは全員達者でやってます。去年までは一分間逆立ちができてました。

サラ・スミスは聖書にキスして暗闇に戻る。

判事　マーガレット・カーターさん、前へどうぞ。

次の婦人陪審員が暗闇から出てくる、ペグ・カーターである。

判事　右手を聖書に置いて、四人を見てください。あなたは、婦人陪審員として、現在裁きを受けているサリー・ポピーが子どもを宿しているかどうか、自身の能力及び知識を駆使して入念に取り調べ、正しい判決を導き出すことを神に誓いますか。誓うならば聖書にキスを。

ペグ　（前の判事の声と一緒にセリフを話す）マーガレット・カーターです、ペグって呼ばれてます、夫のデイビッドは、父親と祖父の仕事を継いで、ワックス様のお屋敷で三代目庭師として働いております。去年は青と金の鉢にユダの木とライラック、それとダリアを植えました。夫は頼もしいんです、色んな事を知ってます、たとえばブタの蹄《ひづめ》をぶら下げておくとハサミムシが取れるとか、それに舌を使って色んな事ができるんです、夫の舌、カワイイんです。

ペグは聖書にキスして暗闇に戻る。

判事 サラ・ホリスさん、前へどうぞ。

次の婦人陪審員が暗闇から出てくる、サラ・ホリスである。

判事 右手を聖書に置いて、囚人を見てください。あなたは、婦人陪審員として、現在裁きを受けているサリー・ポピーが子どもを宿しているかどうか、自身の能力及び知識を駆使して入念に取り調べ、正しい判決を導き出すことを神に誓いますか。誓うならば聖書にキスを。

間。サラ・ホリスは温和な様子で考えると、何も言わず賛成の意で親指を立てる。

判事 ホリスさん、声に出して誓ってください。

間。

判事　ホリスさん。

キティが申し訳なさそうに出てくる。

キティ　あ〜、この人、口がきけないんです、判事様。だいぶ前から——どのくらい？　少なくとも二〇年、息子のルーカスを産んで以来だそうです。出産間際まで痛いって騒いでたのに、産んだらもう一言も、全然喋らなくなったんです。

判事　それで支障はないんですか？

キティ　全然ないです。と思います、そうよね、ね？

彼女はサラ・ホリスを見る、サラ・ホリスは同意して頷く。

キティ　全然ないそうです。

判事　ホリスさんが何か私に合図をくだされば——

サラ・ホリスは頷き、晴れやかに微笑む。

キティ　あ〜、同意しています。

判事　ありがとうミセス・ホリス。では誓うならば聖書にキスを。

サラ・ホリスは聖書にキスして暗闇に戻る。

判事　では次の方……あ〜……キャサリン・ギブンズさん。

キティ　私です。

判事　右手を聖書に置いて、囚人を見てください。あなたは、婦人陪審員として、現在裁きを受けているサリー・ポピーが子どもを宿しているかどうか、自身の能力及び知識を駆使して入念に取り調べ、正しい判決を導き出すことを神に誓いますか。誓うならば聖書にキスを。

キティ　（前の判事の声と一緒にセリフを話す）キティ・ギブンズです、スコットランドのオーバンから来ました。子どもは六人。今も生きてるのは四人です。イングランドは好きじゃないです、でもこっちの気候は、まあまあ、耐えられます。

キティは聖書にキスして暗闇に戻る。

判事　ジュディス・ブルーアーさん、前へどうぞ。

次の婦人陪審員が暗闇から出てくる、ジュディス・ブルーアーである。

判事　右手を聖書に置いて、四人を見てください。あなたは、婦人陪審員として、現在裁きを受けているサリー・ポピーが子どもを宿しているかどうか、自身の能力及び知識を駆使して入念に取り調べ、正しい判決を導き出すことを神に誓いますか。誓うならば聖書にキスを。

ジュディス　（前の判事の声と一緒にセリフを話す）ジュディス・ブルーアー。夫のピーターに出会ったのはノリッジのお菓子屋でした、ウィンドウにあのケーキ、クリスマスから十二日目に食べる特別なケーキが飾られてて、二人で美味しそうだねえって見とれたんです、それが始まりでした。私、今、拒否したい時期って言うんでしょうか、夫のことは大好きなんですけど、最近若い農夫の夢を見たんですよ、シャツを着てない農夫が出てくるワイルドな夢。嵐の日。時々自分でもどうしようもないほどカーっとなっちゃう、だから三月でも窓を開けていたいんです、文句を言われないといいんですけど。

ジュディスは聖書にキスして暗闇に戻る。

判事　エリザベス・ルークさん、前へどうぞ。

エリザベス・ルークが暗闇から出てくる。

判事　右手を聖書に置いて、囚人を見てください。あなたは、婦人陪審員として、現在裁きを受けているサリー・ポピーが子どもを宿しているかどうか、自身の能力及び知識を駆使して入念に取り調べ、正しい判決を導き出すことを神に誓いますか。誓うならば聖書にキスを。右手を聖書に置いて。先の婦人が誓われたようにあなたも自身の能力を駆使し、考察することを誓いますか。誓うならば聖書にキスを。

エリザベスはためらう。

判事　聖書にキスしてください、ミセス・ルーク。

間。

判事　ミセス／ルーク。

エリザベス　（／からかぶせて）すみません。怖くて。

判事　公務執行官のクームスさんがいます、囚人は拘束されていますから危険はありませんよ。

エリザベス　囚人が怖いんじゃないんです。妊娠初期は、妊娠しているかどうか、判断が難しいんです。それでも答えを出さなくちゃいけない、妊娠してないとなれば絞首刑でしょう。審理の時間はどのくらい頂けるんでしょうか？

判事　必要なだけいくらでも。一時間もあれば充分でしょう。

エリザベス　一時間？

判事　胎動があればすぐわかるでしょう。

エリザベス　胎動、どうやって？

判事　それは……色々やり方が。

エリザベス　やり方なんてありませんよ。

判事　私が言っている／のは――

エリザベス　（／からかぶせて）ありません。明確な答えなんか出ません、十二人の女が、答えをひねり出して真実にしてしまうんです。一生自分の心に焼きつくであろう判決を一時間で出すんです。

間。

判事　他の陪審員が待っていますよ、ルークさん。

エリザベスはためらう。それから聖書にキスして暗闇に戻る。
クームスが暗闇から出てきて判事の前に立つ。

判事　クームスさん。婦人陪審員が飲み食いしないよう、また火や蝋燭を使用しないよう厳しく監視してください。また囚人を除いて、誰も彼女たちと言葉を交わしてはなりません、あなた自身もです、ただし判決に達したかどうかを聞くのはかまいません。以上のことを遂行すると誓うならば聖書にキスを。

クームスは聖書にキスして暗闇に戻る。
バターの攪乳器を突く音が止む。

五・食べ物、飲み物、火、ロウソク

裁判所の上の寒い、がらんとした部屋。陰気である。薪はあるが火の気はない。エリザベス以外の婦人陪審員が集まる。彼らは喋り、噂話をし、笑いあう。ガヤガヤした声が聞こえるなか、エマ・ジェンキンズのひときわ甲高い声が聞こえる。

エマ　なあに、これ。キッタない暖炉。法廷において、汚いものはキレイにせねばならない、そうだよね？　サラ。サラ。サラ。サラ。

サラ・スミスが見る。

エマ　あんたじゃないよ、サラ・スミス、サラ・ホリスのほう。

サラ・ホリスが見る、エマは暖炉を示す。

エマ　汚い暖炉誰が掃除する？　誰が裁判所をきれいにする？　掃除が要るでしょこれ、これじゃ肥溜めだよ。

サラ・ホリスはハンカチをさっと振って取り出し、唾を吐き、拭き始める。

エマ　それにまあ、この床！　これじゃブタの解体もできない、何やってんの、ジュディス・ブルーアー？

ジュディスは窓を開けようとしているが、固くてなかなか開かない。汗ばんでいる。

ジュディス　ちょっと息苦しくない？

窓が開くのを見た野次馬たちが歓声をあげる。

エマ　どこが！　メチャクチャ寒いよ、閉めて！　閉めて！

ジュディス　開けたほうがずっと／気持ちいい

エマ　（／からかぶせて）閉めて。閉めなさいよ。

ジュディスは窓を閉める。座って首をハンカチで拭く。

キティ　どうしたの？

ヘレン　病気？

ジュディス　何だか火照《ほて》っちゃって。

エマ　今朝、霜が降りたのに窓を開けるって！

シャーロット　暑いんでしょう。開けてあげなさいよ。

エマはシャーロットを見る。

エマ　何あんた？　知りあいでもないのに。

シャーロット　シャーロット・ケアリー。コルチェスターから来ました。夫は第四〇連隊連隊長のサミュエル・ケアリー。私が陪審員長、でよろしいですね？

間。エマは相手のほうが自分より立場的に上だと悟り、態度を改める。

エマ　まあ、ステキなお帽子ですこと。エマ・ジェンキンズです。お知りあいになれて嬉しく思います。

エマが膝を曲げてお辞儀する、シャーロットも膝を曲げてお辞儀を返す。キティとハンナが笑いをかみ殺す。

ジュディス　誰？
シャーロット　え？
ジュディス　誰に会いに来たの？

一拍置く。

シャーロット　友人に。
アン　妹がコルチェスターに住んでるんです、セント・ジョンズ・ストリート、知ってます？

シャーロットがアンのほうを向く。間。

シャーロット　ええ。

エマ　そんなに質問攻めにしないの、アン！　ミセス・ケアリー、さあ、おかけになって。

エマはシャーロットのために椅子を引き、彼女の隣に座る。

メアリー　どのくらい拘束されるのかな、どうなのかな？
エマ　必要な限りでしょ。私は行政区のお役に立てることが嬉しいんです、ミセス・ケアリー。
ヘレン　でもきっつい務めよね。エマ。
エマ　きつい？　何で？
ヘレン　人の生死を決めるんだもの、きついでしょ。
エマ　へえ？　私は平気、私に少しでも権力があったらバンバンあの世に送ってやるけどね。飲んでばっかの男たち、掃除したばっかりのうちの玄関先で、しょっちゅう立ちションして。こんな見世物裁判のときだけ、引っ張り出されて、意見を述べよだなんて、バカにしてる。
アン　陪審員なんて初めてで。経験あります？
エマ　六回目。被告は必ずウソをつく。
ジュディス　六回？
エマ　こっちに来る前はロンドンにいたの。吊るし首、ここよりずっと多かったね。気候はもっとひどいしね。

キティ　盗みも多いの。金持ちからは盗んで当然って雰囲気。

サラ・スミス　この町、どう思います、ケアリーさん？　私、地元から出たことが一度もなくて、外からどう見えるか興味があるんですよ。

シャーロット　とてもいい町に見えますよ。

サラ・スミス　あ～、いい町ですよ。誰も殺されなければ。

ペグ　変なこと言わないで！　ちゃんとした町でしょ！　（シャーロットに）毎年、一番仲のいい夫婦にベーコンをプレゼントする行事があるんです。

キティとハンナは押し殺した声で唸る。

シャーロット　まあステキな行事。

ペグ　そうでしょう？

間。ペグは次の質問を待つが、質問されない。

ペグ　町じゅうの人が投票するんです。全世帯が参加するんです。

間。

ペグ　ベストカップルに選ばれるって、とっても名誉なことなんです。
キティ　ああ、もう。言いたいなら誰だか言えば？
ペグ　あ〜、ケアリーさん、興味ないわよ／そんなローカルな
シャーロット　（／からかぶせて）今年は誰が／選ばれたの？
ペグ　（／からかぶせて）私と夫のデイビッドです、二年連続です。
シャーロット　まあ、本当？
ペグ　はい。
シャーロット　おめでとう。
ペグ　ありがとうございます。ベーコンいっぱいもらえるんです。

エリザベスが入ってくる。

エリザベス　お待たせ。
ハンナ　リジー！
（ハンナ、キティ、同時に）

キティ　ああ、よかった。
ジュディス　来てくれたのね！　大丈夫なの？

シャーロットとエマを除く婦人陪審員たちがペチャクチャ喋りながら彼女に近づく。

エリザベス　まだぶっ壊れてはいないわ。（妊娠中のペグに）ペグ、どうお？
ペグ　誰か殺せって言われたら殺せそう。
エリザベス　じゃあ〔出産は〕もうそろそろね。
キティ　来ないと思ってた。
エリザベス　クームスさんがうちまで頼みに来たのよ。アン、疲れてるみたいね。
アン　ハリエット、歯が生え始めちゃって、ぐずってばかりなの。
エリザベス　アヘンチンキ*7はあげてみた？
アン　昨夜一〇滴やったんだけど。
エリザベス　試しに十五滴あげて様子を見て。みんな、朝からいるの？
ハンナ　ただ裁判を見に来ただけ、まさか陪審員になるなんて、思いもしなかった。
ペグ　手、手を触って。

エリザベスがペグの手を撫でて温めてやる。

エリザベス　じゃあ自分の意志でここにいるんじゃないの？

エマ　私は自分の意志。

キティ　この人はね。

アン　私たちは

サラ・スミス　勝手にドアを閉められちゃってさ。

キティ　出してくれないのよ。

ハンナ　あの子が自分は妊娠してるって言った瞬間、キティと私、こうなることを予想して逃げようとしたんだけど――

アン　みんな予想したわよ。

エマ　私はしてない。

ペグ　女の人みぃんな、あわてて法廷から出ようとしたの。

エリザベス　で、逃げ遅れたのが集まったわけか。メアリー、会えてよかった、元気？

メアリー　本当のこと言うと、心配で心配で。

エリザベス　あらまあ、どうした？

メアリー　ネギ畑のネギ、夜までに引っこ抜かなきゃいけないの。判決、出るのに、時間かかるのかな？

エリザベス　判決はもう出てる。私たちが集められたのは、死刑を執行するにあたって――誰か説明してくれなかったの？

メアリー　今、してるじゃない。リジーがしてる。

一拍置く。

メアリー　ねえ、聞きたいことがあるんだけど……

メアリーはエリザベスを脇に引っ張る。

メアリー　去年やってくれた、あの治療。

エリザベス　ヨモギの膏薬？

メアリー　違う。違う。違う、もう一つの。ほらリジーが。

彼女は控えめに股の部分を示す。

メアリー　ベッドの上で。手を使って。オイルで。撫でるやつ。
エリザベス　あ〜はいはい、あのマッサージね、人気あるのよ、よかった？
メアリー　よかった。よかった、よかった、何だろう、もう、すごくスッキリしたの。
エリザベス　生き返る感じ。
メアリー　そうそう。生き返った。悪いもの全部、外に追い出せた。
エリザベス　やってよかったんならよかった。
メアリー　あ〜よかった。ホント。ホント。ホント。

一拍置く。

メアリー　ホントなんだけど、でも最近、またいっぱい、いっぱい悪いものが溜ってきてる気がするの。どこから湧いてくるのかわからない、でも。一番は。一番は、追い出すことよね？
エリザベス　同感。じゃ来週の火曜日にいらっしゃい。
メアリー　すっごく楽しみ。
ジュディス　今日は大洗濯の日じゃなかったっけ？

エリザベスはジュディスのほうを向き、彼女をじっと見て、頬に手を当てる。

エリザベス　やっぱり。火照ってる。窓、開けようか？

エリザベスが部屋を横切り、窓を開ける。外に詰めかけた野次馬の怒号が聞こえる。全員がいささか驚く。

シャーロット　みんな、仕事がないのかしら？

アン　スゴいヤジ。

ジュディス　すぐ吊るし首になると思ってたのに当てが外れたから。

エリザベス　何様のつもりだろう。

エマ　あ～うるさい。吊るし首にはなるよ。遅かれ早かれ。

シャーロット　あの子は空の向こうに*8行くしかない。地上では助けられない。

エリザベスはシャーロットをじっと見る。

エリザベス　失礼、どなたかしら。

エマがすぐさま、大げさな身振りで飛び出してくる。

エマ　ご紹介させてちょうだい、こちらはミセス・シャーロット・ケアリー、ミセス・エリザベス・ルーク。ミセス・ケアリーは陪審員長なのよ、コルチェスターから私たちのこのプロビンス／まで

エリザベス　（／からかぶせて）この何？

エマ　プロビンス。

エリザベス　この何？

エマ　この教区のこと。

エリザベス　あ〜。

エマ　ルークさんは地元で助産婦をやってるんですよ。

エリザベス　洗濯屋もやってます、滞在中、汚れたリネンや血のシミでお困りでしたらどうぞごひいきに。

シャーロット　是非お願い。

エリザベス　さあ、人助けだ。

シャーロットは周りを見まわし、とまどい、不安げな笑いを浮かべる。

ジュディス　（静かに）やめなさいよ。

エリザベスはジュディスを見る。少し頷く。

エリザベス　いや、囚人を助けようって意味で言ったの。
シャーロット　今から助ける？　助けられるわけないでしょう。あんなケダモノ。
エリザベス　彼女の申し立ては、本当かもしれない。

エリザベスとヘレン以外の婦人陪審員が笑う。

ハンナ　サリーをまだ見てないんでしょ、小枝みたいに細いのよ。
キティ　不器量だし。
アン　ボーっとしてた。
キティ　被告人席に突っ立ってるだけ、だま～ってて
ジュディス　一言も喋らなかった
シャーロット　でも判事が何か言うとむくれてた

ペグ　ワックス卿が証人台に立ったら、あの女

キティ　体をくねらせてた。悲しみでいっぱいの父親に。信じられない。

エリザベス　信じられなくはないでしょう。ワックス卿のお屋敷で働いてたんでしょ？

キティ　だから？

エリザベス　ジョン・ワックスは女の使用人全員とヤルのを自分の義務だと思ってるんじゃなかった？

婦人陪審員たちは驚き息を呑む。

ヘレン　リジー、あなた、あなた本当に大丈夫？

エリザベス　妊娠を認めたところで釈放されるわけじゃない。移送はされる。

エマ　リジー、妊娠なんてウソに決まってる！　それに吊るし首になって、野次馬が引き上げる頃には、死体だって原形をとどめてない、医者が困るぐらい。

エリザベス　医者？　医者って？

アン　ただ絞首刑を言い渡されただけじゃないの、判事さん、刑を執行したあと、死体を解剖するようにっておっしゃったの。

女たちは身震いし、黙って立ち、大衆の声を聞く。
ジュディスが突然、前に出る。

ジュディス　もういい。

彼女は窓を閉める。自分で扇ぐ。

エリザベス　食事は？
キティ　聞いてないの？　食べ物、飲み物、火、ロウソク、全部禁止ですって。

エリザベスはパンを取り出す。

エリザベス　はい。早く食べて、クームスが来ないうちに。

婦人陪審員たちはパンに群がり、むさぼるように食べる。

ヘレン　エリザベス、ちょっといい？　あ〜、二人だけで／話が

エリザベス　（／からかぶせて）もちろん。

二人はグループから離れる。

ヘレン　どっかで何か混乱があったみたいなのよ。
エリザベス　うん。
ヘレン　私、ここにいるべきじゃないと思うの。
エリザベス　そうなの。
ヘレン　資格がないと思う。クームスさんに説明しようとしたんだけど、あの人焦ってて、あたふたしてて。
エリザベス　宣誓のとき、判事にそう言わなかったの？
ヘレン　言おうと思ったんだけど……一人もあの子の味方がいないんじゃねえ。以前、私さ、あの子の実家の隣に住んでたのよ。ホンット変わった家だった。フェレットを何匹も飼ってて、子どもたちはいつもキッタない恰好してて。義理の父親のフランシス・コブ、あんまり人を悪く言いたくないけどさ、あれは――
エリザベス　変態のクズ。
ヘレン　そう。

一拍置く。

ヘレン　いや――そう、それにサリーの弟のサイラスもクズ、でもサリーはサイラスのことスゴく可愛がってたのよ、サイラスが悪さしても自分がやったって言って、いつもかばってた。窓を割ったとか。ハムを盗んだとか。そのときは小さな悪事だったわよ、でも、もしトーマス・マッケイとの関係もサイラスと同じだったら。裁判のときのサリーを見てたら……トーマスを見るあの目……あの……バッカみたいな目。でも男にぞっこんよ。
あの夜何があったのか知ってるのはサリーだけ、でもサリーは何があったのか喋らないでしょ。裁判でサリーの味方をする人間は一人もいなかった、で、今、見え透いたウソで何とか死刑から逃れようとしてる。だけど私にはあの子がやったとは思えない。それは確信してる。

ハンナとキティが来る。

キティ　何か推理できた？　一つ考えたんだけど――
ハンナ　判事、事故だった可能性はないって言ってたでしょ？　死体の状態から見て／でも

キティ　（／からかぶせて）でももしもよ、ほら、ハレー博士が予測してた彗星、あの話知ってる？
エリザベス　知ってる。
キティ　じゃ、とんでもなく大きな石だってことも知ってるわよね？
ハンナ　そんなのが空から落ちてくる。
キティ　空から落ちてくる、そうそう、でみんな、そのときを待ってるわけだけど、でも／もし
ハンナ　（／からかぶせて）でももし、もう落ちちゃってたら、アリス・ワックスが殺された夜、で、私たちが気がつかなかっただけなら。

二人は勝ち誇ったようにエリザベスに微笑む。間。

エリザベス　もし落ちてたんなら？
キティ　わかんない？　彗星はスゴい速さで落ちてくるでしょ？　で、たまたま夜中に散歩していたアリス・ワックスの上に飛んできたとしたら／でもって
ハンナ　（／からかぶせて）でもってアリスに命中したら
キティ　でもってアリスに命中したら。とんでもなく大きな石。
ハンナ　真上からモロよ
キティ　何百マイルも地球に向かって落ちてきたのよ、加速度ハンパじゃないでしょ

ハンナ　力も
キティ　加速度と力の相乗効果よ、どんどんどんどん早くなる、地上に落ちた、その瞬間、アリスはどうなると思う？
ハンナ　ちっちゃなアリス
キティ　ちっちゃなアリスのちっちゃな頭。

間。

エリザベス　鮮明な推理ね。
キティ　ありがとう。
エリザベス　でも、可能性は低くない？
ハンナ　可能性は低くても絶対にないとは言えないでしょ。
キティ　そうよ、メアリーの旦那さんのアレ、はてなマークみたいな形に曲がってるけど子ども五人も作っちゃったからね。

メアリーは自分の名前が出たので顔を上げる。

メアリー　ナニ？
キティ　何でもない、パン、食べてて。
ヘレン　聞いてもいい？
キティ　どうぞ。
ヘレン　面白い考えだけどサリーは真夜中、ハンマーを持ってたところを見つかってるのよね、それはどうなの？

ハンナとキティは顔を見合わせる。

ハンナ　それは絵を……
キティ　絵を壁に飾ろうとして、釘を打とうとしてたとか。
エリザベス　アリスの死体は二つの袋に入ってたのよ？

間。

キティ　一生懸命考えたのにバッサリ。
ハンナ　誰かになぶり殺されるより隕石のほうがまだ救いがあるかと思ったの。

エリザベス　優しい子たちね。ちゃんとした推理よ、よく考えたわよ、ありがとう。

ハンナとキティは気持ちを和らげ、移動する。エリザベスはヘレンにキスする。

エリザベス　あんたがいてくれてよかったヘレン。あんたは一番長い分娩を経験してるじゃないの。誰も追い出したりしない、さあ、パン、食べて。

エリザベスとヘレンは席に着き、再びグループに加わる。

メアリー　それでサリーはどこなの？　ひどい、こんなに待たせて、やることいっぱいあるのに。
キティ　ネギ畑のこと判事に言わなかったの、メアリー？
メアリー　言わなかった。何で？　言ったほうがよかった？
シャーロット　死刑囚もここに来るなら、しっかり拘束してもらわないと困ります、こちらはちゃんとした女性なんですから。
エマ　去年、サリーが自分の歯をイーブシャムの奥様に売ったって聞いたけど、それはどうなの？
ジュディス　イーブシャムさん、甘いもの食べすぎなのよ、あんなにしょっちゅう食べてりゃ歯ぬけになるわよ、人から歯を買うなんて、自業自得、みっともない。

アン　ブルーアーさん、そんな言い方はないでしょう。イーブシャムさんは貧しい人たちに沢山寄付をくださってますよ。

ペグ　だから？　貧乏人て大嫌い。歯を売って同情をひこうとしてるのよ、やだやだ。

アン　でも仕事自体がないじゃないの。まともに生活できないのよ。

ペグ　仕事、仕事ならあるじゃない。道を掃除するとか靴を磨くとか、違う？　それも仕事でしょ。

大きなバンというドアを叩くような音。

ジュディス　どうぞぉ。いい男なら。

婦人陪審員たちは笑う。ドアが開く。クームスが入室し、婦人陪審員たちの数を数え始める。

ジュディス　まあ、合格。こんにちは、どうお、お仕事は？

サラ・スミス　どうしたの、腕？

メアリー　ミス・グーチの家の屋根から落ちたのよ、私、見てた。

ジュディス　何であそこんちの屋根？　何でミス・グーチの家の屋根？

クームスが再び出ていき、すぐにサリーを部屋の中に押し入れる。サリーの頭にはピローケースがかぶせられている。婦人陪審員たちが立ち上がる。クームスがピローケースを外し、サリーの後ろのドアをロックする。

サリー　こんにちは。

彼女は膝を曲げてお辞儀をする。婦人陪審員たちはもごもごと挨拶を返す。間。

アン　触ってもいいの？

間。

アン　クームスさん？

シャーロット　喋ってはいけないの。評決に達したか聞く以外。

エマ　ずっと黙ってるなんて無理でしょぉ？

ハンナ　黙ってられるわよ、この人。黙ってるのが仕事なら黙ってる。

アン　でもこっちの話は聞いてるのよね。
キティ　あ〜、聞いてる、クームスさんはいっつも聞いてる。全身が耳だもん。

キティとハンナ、ペグはそのジョークの意味がわかりクスクス笑う。

アン　でもこっちが聞きたいことがあったら？
サラ・スミス　そうそう、囚人に触ってもいいのかとか。
シャーロット　ジェンキンズさんは陪審員の経験がおありですよね、どう思います？
エマ　そりゃあ、触ったほうがわかるんじゃないの、子どもがいるんなら。
ヘレン　傷つけるわけじゃないしね。
ペグ　私は触らない。汚いもの。
キティ　ここからでも臭う、クッサ。
ジュディス　洗えば大丈夫よ。
エリザベス　こんにちは、サリー。

間。

サリー　こんにちは。
エリザベス　私の事覚えてる、わけないか。最後に会ったのはいつだったかな？　五年は経ってる、よね？　あなた、あの頃アカスの家の息子と婚約してたでしょ、何て名前の子だっけ？

一拍置く。

サリー　オリバー。
エリザベス　オリバー、あなた、夢中だったよね。オリバー、どうなったの？
サリー　リングのとこの娘と結婚した。バンゲイのほうにいる。
エリザベス　そうだったの。
シャーロット　まるでお茶会みたい。お湯を持ってきてもらいましょうか？
エリザベス　緊張を和らげようとしてるだけですよ。
アン　必要以上に口をきくのはいけないんじゃないですか。
エリザベス　そう。じゃ始めましょうか？
シャーロット　年の順で、参りましょうか。
ジュディス　小娘はあと。
メアリー　私二五なんだけど、若い？　若くない？

キティ　私たちと一緒に待てばいいから、大丈夫。

年長の婦人陪審員たち（サラ・スミス、サラ・ホリス、シャーロット、エリザベス、エマ、ヘレン、ジュディス）がサリーの周りに立ち、腹部を調べる。

エリザベス　膨らみがあるように見えるけど。
エマ　私には見えない。
シャーロット　私にも。ブルーアーさんはどう？
ジュディス　ちょっと出てる感じがする、どう、サラ？
サラ・スミス　出てる、だからって子どもがいるとは限らないよ。誰か手で触ってみて。

彼女は周りを見まわす。誰も前に出ない。サラ・スミスがため息をつく。自分の手をサリーの腹部に当てる。待つ。首を振る。

サラ・スミス　ない。ホリスさんは？

彼女は、近づくのが嫌そうに首を振るサラ・ホリスを見る。

サラ・スミス　あんたたち、こっちに来て、見て。

若い婦人陪審員たちが来る、ハンナ、ペグ、キティ、メアリー、アンである。

ハンナ　どうかなあ。
アン　ちょっと出てるみたい。ここが少し丸いような気がする。
ペグ　それは脂肪。お腹がぽっこりしてるだけ、うちの妹がこういうお腹してるもの。
アン　キティ？
キティ　わからない。
メアリー　私も。
アン　どんな症状があるか言ってみて。
ハンナ　目まいがする？
サラ・スミス　お腹、痛い？　食べたら何でも、バ〜ッと出ちゃう？
エマ　まばたきするのもしんどい？
キティ　何食べても玉ねぎの味がする？
シャーロット　酸っぱいゲップが出る？

ペグ　喉が渇く？　汗が出る？

メアリー　そんなに飲んでなくてもしょっちゅうオシッコがしたくなる？

ジュディス　おっぱいは？　フニャフニャ？

アン　お肉が全く食べたくなくなった？

ヘレン　火照らない？

ペグ　でなきゃ寒いとか、私、スゴく寒い。

アン　理由もなく嬉しくなったり悲しくなったりする？

サラ・スミス　喉が痛くない？

キティ　三月よ、こんなに冷えこんじゃ、みんな喉は痛いでしょう。

サラ・スミス　私は二一人子ども産んだけど、いつもまずは喉が痛くなった。そうだ、一回だけ、妊娠じゃなく天然痘だったことがあった、そのときは、死にそうになって大変だったよ。

メアリー　変なもの食べたくならない？　たとえば旦那のお尻のお肉とか？

サリー　下痢になった。それと、夜、横になったら空におかしなものが見えた。空に大きな割れ目ができて、そこからエンジェルが沢山出てきたんだよね。

一拍置く。

サラ・スミス　それは聞いたことないわねえ。
ヘレン　で、どうするの？
ジュディス　私が若い頃は、まだお腹が出てなくて、それで妊娠してるか知りたかったらラリー・フレッチャーに診てもらったけど。
サラ・スミス　あ～。
ジュディス　ラリー覚えてる？　産婆のラリー？
サラ・スミス　覚えてるよ。ラリーの旦那ね、よく家に来てトランプやってたもの。
ジュディス　じゃあよく知ってるんだ、ラリーは名人だったよねえ。妊娠してるかしてないか、男か女か、早く生まれそうか遅く生まれそうか、全部教えてくれたもんね。
アン　当たったんですか？
ジュディス　一度も外れたことなかった。それにイボ取りの名人。「イボ、見せてごらん」、で見せるとこう言うのよ「いくつある？」

間。婦人陪審員たちは待つ。ついに

キティ　で？
ジュディス　何？

キティ　どうするの？
ジュディス　何も。一週間かそこらでイボ、なくなっちゃう。
メアリー　ウソォ。

ジュディスは頷く。

ジュディス　イボ取りの名人。
キティ　イボ、見るだけで、取っちゃうの？
ジュディス　どうやったんだろうねえ、どうやったか知らないけど、手の甲にあった三つのイボ、ラリーが見た六日後に消えたか消えないか、キレイに消えた、キャサリンがお腹にいるって自分でも知らないとき、ラリーが「あんたできてるね」って言ったか言わないか、言った、「女の子だね」って言ったか言わないか、言った、「分娩は三時間、油を塗りたくったイタチみたいな子が生まれるよ」って言ったか言わないか、言った。でもラリーは車輪が頭に当たって死んじゃったのよね、あの世から呼ぶわけにもいかないし、この子はどうする？
シャーロット　お乳が出るか、見てみたら？
エリザベス　まだ妊娠初期ですよ、母乳が出なくても、この子がウソをついてる証拠にはなりません。

シャーロット　でも出れば妊娠してるってことになるでしょ？

エリザベス　確かに。

ハンナ　私、最後の子は、産んでから二週間後にやっと出た。キティにお乳をもらってたのよね。

キティ　余るほど出たんだもの、当然よ。

サラ・スミス　私は半年で出たときもあれば、もっと遅いときもあったね、お乳は当てにならないよ。

メアリー　あ〜、私は二人目から妊娠と同時に出たけど。お乳の色、まっ黄色だった。何年前か、飼ってた猫が、床に飛び散ったお乳を舐めちゃって、猫、三時間後に死んじゃった。

エリザベス　クームスさん、外に出てくれます？

クームスは首を振る。

エリザベス　出ないんでしたらドアのほうに顔を向けて、こちらを見ないで。

間。

エリザベス　クームスさん、囚人の服を脱がせるんです、奥様、今ローストフトだそうですけど、背を向けたほうが嬉しいんじゃないかしら。

婦人陪審員たちが笑う。クームスは顔をドアに向ける。

エリザベス　ありがとう。
アン　誰が調べるの?
ヘレン　エリザベスでしょ。
シャーロット　いいえ、ルークさんはこの娘に同情してますから、何かのトリックを使ってお乳を搾り出すかもしれません。

エリザベスはシャーロットを見る。

シャーロット　怒らないでね、優しい人だと言ってるの、褒めてるのよ。
エリザベス　私は助産婦ですよ、魔術師じゃありませんよ。ケアリーさん。
シャーロット　それでもね。
エリザベス　キティ、じゃああなたが／見て

メアリー　（／からかぶせて）もうちょっと早く進めてくれる？
エマ　あ〜、退屈した？
キティ　ネギのことが心配なのよ。さあ／じゃあ

キティがサリーの服を脱がせようとする。サリーは手を払いのける。

サリー　（／からかぶせて）触／んな！
キティ　（／からかぶせて）キャア！

クームスはサリーのほうを向こうとするがエリザベスが止める。

エリザベス　クームスさん、大丈夫です！
サリー　見るな！　見るな！

エリザベスが二人を離そうとする。

エリザベス　サリー落ち着いて——クームスさん／あっちを

サリー　（／からかぶせて）あっち向かせて！
エリザベス　クームスさん、**あっちを向きなさい。**
シャーロット　何ですかあなた、言われた通りにしなさい！

クームスはしぶしぶ再び向きを変える。

エリザベス　サリー。キティは／ただ
サリー　（／からかぶせて）胸に触った！
キティ　あ～ナニ／信じられない。
ヘレン　（／からかぶせて）女しかいない、大丈夫。
サラ・スミス　キティは、変なことするわけじゃなし。
エマ　首に巻くロープと違ってね。

エマが笑う。

サリー　お乳は出る、出たの見た、手枷を取ってくれたら自分で見せる。
シャーロット　囚人でしょう。勝手なこと言わないで。

サリー　取って！

エリザベス　サリー、それはできないの。

サリー　「サリー、それはできないの」、何で？

シャーロット　そんな権限、ないもの。

ハンナ　カギもない。

シャーロット　カギもない。

間。サリーがため息をつく。

サリー　じゃあ、あんたたちの手をあったためて。（一拍置く）**手をあったためて、誰が冷たい手で触らせるもんか。**

婦人陪審員たちは手をこすりあわせ温める。
サリーはクームスがちゃんと背中を向けているかちらりと見る。

サリー　クームスさん、これから人に見せない場所を見せるからね、あんたのこと見てるから、ちょっとでも向きを変えてみ、腎臓にのめりこむぐらい急所を蹴っとばすよ。

キティが前に出る。

サリー　あんたじゃない。

キティは憤慨して声を漏らす。

ペグ　リジーが見るのが早いんじゃない。

サリー　リジーもイヤだ。

アン　ルークさんはベテランの助産婦さんなのよ、サリー。

サリー　知ってるよ。この人のことは全部知ってる。ここに来る前からプンプン臭った。この人の頭は空っぽ、爪はいつも汚い。手も洗わない、それに去年はフライさんの子どもを取り上げるのに五日もかかった、なのに最後出てきたのは真っ黒けの顔の小さな死体だけ。

ヘレン　サリー、ルークさんは／あなたによくしてくれたじゃ

サリー　（／からかぶせて）**その上さあ、**何日も下痢が止まらなかったってさ／こいつが作ったおかゆ食ってから

ヘレン　（／からかぶせて）よくもまあ、そんなひどいこと！

サリー　それでフライさんのアソコはダメになった、うるさいヘレン、あんたこそ、ここで何してんの、みんな知ってるんだよ、あんたが子どもができない身体だってことは！

ヘレンが座る。

サリー　あたしはね、お金があったら金持ちみたいに医者を呼ぶ、どこかの村のオバサンじゃない、何でも知ってる**男**の医者、怪しげな治療しかできないオバサンじゃない、昼間はウサギをつかまえて、でかい尻に汚いエプロンをつけて、赤ん坊を取り上げては棺桶に入れる、死体の臭いが爪に染みついてるオバサン、**何でそんな目で見るんだよ、**あんたたちだって陰でコソコソ言ってるくせに。

エリザベス　サリー、怖いのはわかる、動揺してるのよね／でも

サリー　（／からかぶせて）**フライさんはもう笑わない、あそこがダメになってオシッコはもらすだろうけどね。**

エリザベス　あなたを助けようとしてるの。

サリー　あ〜。優しいね。

エリザベス　私の助けは要らない？

サリー　あんたからは何も要らない。こっちの大人しい、いい人に見てほしい。あんただよ、お喋

りオバサン。

彼女はサラ・ホリスだとジェスチャーで示す。サラ・ホリスがエリザベスを見る。

エリザベス　見てあげて、サラ・ホリス。

サラ・ホリスがおずおずとサリーに近づく。

サリー　待って。手をあたしのほっぺに当ててあったかいかどうか見る。

サラ・ホリスは手をそっとサリーの頬に置く。
間。手はそのまま。
サリーの息遣い。目を閉じている。
時間経過。
サリーが目を開ける。頷く。
サラ・ホリスはサリーのコルセットを緩め、スリップの中にハンカチを押し込み、手を伸ばし、サリーの乳房を絞って乳を出そうとする。婦人陪審員たちが見ている。

サリー　お乳は出た、でもいつもじゃない。それにたっぷりじゃない、だから。出たのは出たけどでも……毎日じゃない。

（一拍置く）

あたしが言いたいのは、すぐに出なくても……証拠とは言えない……私はポンコツだし。身体は機械じゃない、だろ？　お乳は……みんなが言うようには出ない、出たり出なかったり。管理できない。一分ぐらいかかるときもある……そう……そう……そう

サリーは不快感で声をあげる。

エリザベス　痛かった？
サリー　大丈夫、もっと強く。

サラ・ホリスはそうする。サリーは痛みに耐える。

他の婦人陪審員たちは座って待つ。ジュディスは自分で扇ぐ、火照っているのだ、しかし部屋は寒い、他の者は震え、ショールを身体に巻き付ける。

アン　そもそもサリーが犯人だとは思えない。
ヘレン　私もそう。リジー、さっき私／言ったでしょ
エマ　（／からかぶせて）サリーの旦那のフレッド、サリーが女の子の髪を燃やすのを見たって言ってた！
アン　何かがロウソクの火で燃えてるのを見たってだけ。それを髪だと勘違いしたんでしょう、フレッド、目が悪いもの。
エマ　へえ、そうなの。
キティ　裁判所から出るとき、大きな振り子時計に向かって帽子を脱いで挨拶してた／だから
シャーロット　（／からかぶせて）服、服はどうなの？
エマ　そうですよ、いい質問だ、サリーの服はどう？　血だらけだった、見たでしょ。
サラ・スミス　全員見てる。
アン　そうですけど、でも事実を見てください、共犯のマッケイはサリーに会う前から、色んな場所で悪事を働いてたんですよ、それも凶悪犯罪を何度も繰り返して。それにサリーはどう見ても、頭の回転が速いとは思えません、たとえば悪童たちがやる、ドアをノックして逃げる悪戯、みんなであの悪戯をやったとしたら一人でドアの前に残ってぼーっとしているタイプです。もし私が裁判の陪審員を務めていたら、疑問は沢山／出たと思います
シャーロット　（／からかぶせて）私たちが調べるのはそういうことじゃありませんよ、ラベンダー

さん。

アン　そうです、寄せ集めの意見を出せと言われてるだけです、一人も専門家はいないのに。

エマ　産みの苦しみは味わったじゃない。

ペグ　ほとんどみんな味わった。

ジュディス　そう、私なんか、エドワードがお腹にいるってわかったのは六ヵ月のときだった。

キティ　えええ！

ジュディス　ホント。臨月でもたいしてお腹、大きくならなかったのよ、生理も不規則だったし。

メアリー　私、去年、クリスマスから二ヵ月[*9]毎日出血してた。

アン　でも妊娠する心配はなかったでしょ。

メアリー　そうだけどうちの亭主、生理中はしないから。

エマ　「善良な男とは月経の女と寝ないものである」エゼキエル書十八章十八節。

シャーロット　ジェンキンズさんの言う通り、ご主人、衛生観念のある方でよかったじゃないの。

メアリー　でも他のところには入れてくるんです、アソコよりもっと不衛生なところ、でも、衛生的にはいいのかな？　とにかくそのあと六月まで生理が来なくて、いざ来たら血が赤でも茶色でもなくて紫っぽい色で、固まってたの。臭いもしたし。変な臭いじゃなくて。金属みたいな臭い。

ペグ　（たしなめて）メアリー。

ペグはクームスに目をやる。メアリーが彼を見て笑う。

メアリー　あ〜、ごめんなさい、いること忘れてた。

キティ　そのセリフ、クームスさんの奥さんも言ってた。結婚式の日。

キティ、ペグ、メアリー、ハンナが笑う。

エリザベス　月のものはきちんとくるの、サリー？

サリー　最初の子を流産してからは、バラバラ。

ヘレン　子どもは／何回

サリー　（／からかぶせて）お腹にいる子を入れて三人。

サラ・スミス　そういう言い方はしなさんな。本当に妊娠してるなら親子で生きられるんだから。

サリー　二度目も流れちゃったから。

エマ　流れちゃう女がいるんだよね、中がヌルヌルなんだって。

ジュディス　エマ。

アン　欲しくて作った子どもなの？

サリー　欲しかったわけじゃない。避妊をしなかったとは言えない、ただ相手に抜いてって言ったとき、向こうが抜かなかったから。

ジュディス　ああ、そんなのは当てにならないわ、男って最後の瞬間は制御不能。私の場合はいつもベッドの下にハンカチに包んだレンガを置いといた。いざというときはそれで殴ってやるの。妊娠から身を守るためにね。

間。サラ・ホリスはまだ試みを続けている。

アン　古代ギリシャでは大麦を入れた袋におしっこをかけたって。芽が出れば、妊娠してるってことなんですって。

ハンナ　大麦、食べられなくなるじゃない。

アン　そう、勿体ないわよね、ホント。

婦人陪審員たちが笑う。間。

サラ・ホリスがサリーのスリップからハンカチを取り出し、調べる。

シャーロット　どうお？

サラ・ホリスが乾いたままのハンカチを見せ、首を振る。

シャーロット　もうこっちを向いていいですよ、クームスさん。

クームスが部屋のほうを向く。

サリー　一分しかやってない！　力も全然ない、そんな洗濯板じゃダメだ、でかいおっぱいに慣れてないいんだ。

エリザベス　もう少し待ってもう一度やってみようか。

メアリーが唸る。

エマ　嘘をついてるね、お腹も出てないし、おっぱいも出ないし。

サリー　もっと器用な人がやれば、ちゃんと出る！

エマ　デタラメばっかり！

サリー　**四ヵ月生理がないいんだ、おっぱいも痛い！**

エマ　それに泥棒、泥棒をずっと続けてる女。私もヤラれた、そのときは騒ぎにならなかったけど、今回は女の子が殺されてるからね。

アン　以前サリーに何か盗まれたって言うんですか？

エマ　言うなんてもんじゃない、断言する。／事実だからね。

サリー　（／からかぶせて）あ〜**クソババア**、始まった。

アン　何を盗まれたの？

エマ　ナツメグの実、六つ。

サリー　はあ、ナツメグ、ナツメグ、ナツメグの話、出るだろうと／思ってた。

サラ・スミス　（／からかぶせて）前科があったの、知らなかった。

シャーロット　前もって知らせておくのが筋でしょう。

エマ　**性根の腐ったアバズレ。**

サリー　**ウソつき、大ウソつき、エマ・ジェンキンズ、あんたのナツメグなんか誰が盗るか！**

エリザベス　そんなこと問題になるの？

シャーロット　道徳観念の問題でしょう。

エリザベス　ナツメグですよ！

エマ　**ナツメグの実六つ。**

エリザベス　**今、争点はナツメグですか？　それともこの子の命ですか？**

間。ハンナがくすくす笑い始める。

ハンナ　誰か

笑いが止まらない。

ハンナ　誰か、聞いた

身悶えして笑う。

ジュディス　キチガイだ。

サリー　何なのこの人?

サラ・スミス　気が狂ったのかね。

ハンナは気持ちを取り直す。

ハンナ　大丈夫、大丈夫。誰か聞いたことないかと思っただけ、この部屋にいる誰かさんも……実が一つ足りないんですって、タマタマの実。

間。その後婦人陪審員たちとサリーは全員クームスを見る。

エマ　ハンナ、あんたはまあ！

サリー、ペグ、キティ、メアリー、ジュディス、サラ・スミス、サラ・ホリス、そしてアンが爆笑。他の婦人陪審員たちはあきれるか、あきれたふりをしている。

エリザベス　そんなバカなこと！
ハンナ　あ～？　じゃ何で奥さん逃げちゃったの？
エマ　それはプ、ラ、イ、ベ、ー、ト、なことでしょ！　ああイヤだ――イヤだ！
ヘレン　あ～やめなさいよエマ。本人、奥さんを呼び戻そうともしてないじゃない。
サラ・スミス　したでしょ。
ヘレン　したの？　どうやって？
サラ・スミス　ジュディスに聞いてごらん。

全員がジュディスを見る、彼女自身は自分の膝を見るようにしている。

キティ　ほらほら、話してよ。マフなんか見てないで。
ジュディス　う〜ん、ゴシップはねえ。
ハンナ　言って！
エマ　私は関わらないよ。
ジュディス　エマもああ言ってる、そんなこと話すためにいるんじゃないでしょ。

ペグ、ハンナ、メアリー、キティ（口々に）言ってよ　話して　お願い、等。

ジュディス　そういうことは話すもんじゃないの。
サリー　お願い。

ジュディスは束の間サリーを見る。

ジュディス　『ノリッジ・マーキュリー新聞』に広告を出したのよ。タコルストンにいる妹が、その新聞の切り抜き、送ってくれたの。

ヘレン　どんな広告？

ジュディス　だからゴシップは嫌いなんだって。

間。

サラ・スミス　とにかく……

ジュディス　とにかく、その切り抜き、なぜか持ってるのよ。

ジュディスはウエストのポケットから手紙を取り出し、封筒から切り抜きを出す。

エマ　はしたない！　ホントにはしたない！　私は見ない、聞かない、悪趣味の見世物みたいに。一緒に無視しません？

シャーロット　もちろんです。

エマは耳に手を当て目を閉じ、ハミングする。シャーロットはしない。

シャーロット　ミセス・ブルーアー？
ジュディス　（読み上げる）「私、ウィリアム・クームスの妻マチルダは、正当な理由もなくローストフトに出奔しました。年齢は二六歳、丸顔で髪の色はダークブラウンです。今後彼女がどのような負債を背負うことになろうと、彼女の夫である私は一切責任を負いません。」
これを読んだらどんな女でも嬉しくなるよねえ？
サラ・スミス　海沿いには住むんじゃなかったねえ、これはホントそう。侵略されるかもしれないよ。一万のフランス兵がヤーマスまで泳いで来たら大変だ、寝込みを襲ってくる、レイプされるかもしれない。
アン　戦争は、ミスター・ピットがうまくコントロールしてくださるわよ。
メアリー　ピット？
アン　ウィリアム・ピット。[*10]

メアリーは彼女を見つめる。

メアリー　あのウィリアム・ピット？　片目の、派手な服を売りに来る？
キティ　そう、あのおじさんよ、メアリー、おじさんが軍を率いてるのよ。
ペグ　ミスター・ピットはワックス卿の御学友、イートン大学に行ってらしたのよ。夏に食事にいらしたとき、デイビッドを褒めてくださったの、とても高級なキュウリも頂いたのよ。

ヘレン　そもそも何で戦争するのかわかんないだけど。

アン　権力を掴むためでしょう。アメリカのテロリストを倒すため。西アフリカとカリブ海域のフルーツを手に入れるため。帝国を作るため。

メアリー　何でそんなことしたいの？

アン　そうすれば今世紀末にはイギリスが世界を支配できるかもしれないじゃない。

シャーロット　フランスには負けられない。

アン　フランスには負けられない、その通り。

ペグ　私、言っちゃうけど、フランス、大っ嫌い。

ジュディス　大嫌いとは言わないけど格下になるのは勘弁してほしい。

メアリー　こういうの、面倒よね、誰かから何かを奪ったら、次は他の誰かから自分が奪われちゃう、そしたらどうなるのかな？　たとえば、ペグとデイビッド、二年連続でベーコンをもらってるけど。来年は勝てないと仮定したら。

ペグが笑う。

メアリー　そしたら来年一年、ペグとデイビッド、今までは食べきれないほどベーコンを持ってる町一番の幸せな夫婦だったのに、ただの庭師とその女房ってことになる、夕食はおかゆをすすって、赤ん坊は泣き止まないし、煙突は煙たいし。

ペグ　ベーコンはただのシンボルでしょ。

メアリー　で、エイモスと私は、とっても幸せな夫婦、とは言えない。でもお互いまだ殺しあってはいない。あと三〇年殺しあわずにいられれば、まあ。私はそれで充分かな、誰かに奪われるものなんて一つもないもん。

サリー　トーマスが言ってた、奪われたら奪いかえせ、それに自分より持てる者がいたら、それはずっと昔、自分から奪われたものだ、だからそれも奪っていいんだって。あの子は白の絹のドレスに、周りに小さな真珠がついたルビーの指輪をはめてた。

エリザベス　サリー、やめなさい。

サリー　十一歳でルビー。何?

間。エマはまだ目を閉じてハミングしている。シャーロットがそっと彼女を揺さぶる。

シャーロット　もう終わりましたよ。

エマは目を開ける。婦人陪審員たちを見まわす。

エマ　人間に戻った？　もうゴシップ好きのサルじゃない？
シャーロット　決を採りましょう。四人はウソをついてる、妊娠はしてないと思う人、手を挙げて。

シャーロット、エマ、サラ・ホリス、ハンナ、キティ、サラ・スミス、ペグが手を挙げる。シャーロットが票を数える。

シャーロット　四人が事実を言っていて妊娠していると思う人、手を挙げて。

エリザベス、アン、ヘレン、メアリー、ジュディスが手を挙げる。

シャーロット　分かれたわね。七対五。
ペグ　でも私たちのほうが多いわよね。
エマ　じゃあ決まりだ。
エリザベス　全員の意見が一致しなくて本当にいいの？
メアリー　今のが最終結果？
エマ　そう。

（エマ、エリザベス同時に）

エリザベス　違う。

ヘレン　全員一致？　それとも多数決？　誰か知ってる？

クームス　それに／ついては

キティ　（／からかぶせて）喋ったらダメ！　喋るとこじゃない！

クームス　でも

キティ　リジー、言ってやって！

エリザベス　これは法律ですから。

クームス　ミセス・ルーク、私は

エリザベス　法律です、クームスさん。

アン　でもわからないと混乱するけど？

クームス　今回は／事情が事情

キティ　（／からかぶせて）**リジー言ってやって！**

シャーロット　何が混乱？　決まってるでしょう？

アン　ジェンキンズさん、ロンドンではどんな決まりなんですか？

エマ　七票あれば充分でしょ。

エリザベス　でも、ここはロンドンじゃない。

エマ　リジー、ケンカ腰にならないで、ラベンダーさんが／私の意見を聞いてるの。
メアリー　（／からかぶせて）私、やっぱり、変える。
シャーロット　ルールがわからなきゃしょうがないでしょう。クームスさん、決を採りました。どうなるか教えてくださる？
クームス　もちろん
エリザベス、キティ、ハンナ、ペグ、ヘレン、ジュディ　（一斉に）ダメ。
エマ　喋らせなさいよ！
キティ　喋るためにいるんじゃないでしょ！
ハンナ　クームスさんは私たちが食べ物、飲み物、火、ロウソクに触れないよう見張ってるの、それだけがこの人の／役目なの。
メアリー　（／からかぶせて）リジー、私やっぱり／変える
エリザベス　（／からかぶせて）ちょっと待ってメアリー。
シャーロット　聞く権利はあるはずです。話しなさい、クームスさん！
エリザベス　クームスさん、一言でも喋ったら判事に言いますよ、もっとも基本的なルールを破ったって。話すのではなく聞く時ではないかしら？

間。クームスが口を開ける。再び閉じる。

メアリーはため息をつき、暗くなってきた外の空を見る。

メアリー　暗くなってきた。

キティ　**メアリー、あんたのネギのことなんか誰もこれっぽっちも気にしてないから。**

シャーロット　バカげてますよ。クームスさん、もし一致しなくてはいけないのなら……二回瞬《まばた》きして。

クームスが二回瞬きをする。エリザベス以外の婦人陪審員たちが唸る。

シャーロット　ならこの娘が事実を言ってると、あなたたちが私たちを説得するか、でなければこの子はウソをついてると私たちがあなたたちを説得するか。

メアリー　あの。

エマ　誰が説得なんかされるもんか。

ペグ　私だって。

メアリー　あの、わからないんだけど。

シャーロット　あなたは票を変えたいの？

メアリー　はい。

エリザベス　メアリー、やめて、お願い。
メアリー　こんなふうになるとは思ってなかったから。そうじゃないほうが慈悲深いけど、でもそういうことなら、どっちに入れても変わらないなら、あの、だったら
エリザベス　ナニ？
メアリー　早く決めたい。
エリザベス　時間は無制限よ。人一人あの世に送るかどうか決めてるの。

一拍置く。

メアリー　そんな。うちの畑大きいの。三時までに戻らないと、暗くてネギが収穫できなくなっちゃう。

婦人陪審員たちの何人かがいらだった声をあげる。エリザベスはメアリーをぶたないように自制する。

メアリー　見ればわかるじゃない。
アン　妊娠してないって？

メアリー　ウソつきかどうか。

間。

シャーロット　これで八対四。

ジュディス　でも全員一致じゃないといけないんでしょ。

アン　どうします？

エリザベス　疑わしきは罰せずって言うでしょ、意見を変えたい人はいない？

エマ　何で？

エリザベス　何で？　本気？

　旦那の証言で吊るし首を宣言されたからよ、浮気されてこの子を恨んでるだろう旦那。物心ついてからこの子が引いたカードはむごいものばかりだったからよ。お産のことなんか何も知らないのに知ったかぶりした男たちが刑を宣告して、今は私たちがその男たちと同じことをしようとしてるからよ、わかりもしないのに結論を出そうとしてる。この子を好きになれとは言わない。この子に寄り添ってほしいの、そうすればこの子も自分は人に寄り添ってもらう価値があるって思えるでしょう。それもできないって言うんなら、遠い将来、彗星が次に来るとき、この部屋にいるであろう婦人陪審員たちのことを考えて。

彼女たちが私たちの非情さをどう思うか、どんなに恥ずかしく思うか。私たちは与えられた権利を泥につけようとしてる、この部屋の下で起きたこととそっくり同じことをしようとしてる。

彼女は階下の法廷を指し示す。
間。サリーはエリザベスの言葉をあざ笑う。
エリザベスは疲れはてた様子で座る。

シャーロット　寒いわね。火を入れないと。

クームスがわざとらしく咳をして、それは許されてないことを教える。

ヘレン　火を使うのは許されてないでしょ。火を使わない／決まり
キティ　（／からかぶせて）用意がないでしょ?
ジュディス　決められたことはちゃんと守らなきゃあ。
シャーロット　煙突、いつ掃除したのかしら。
エマ　前世紀じゃないですかね。

ジュディス　どっちみち火口箱《ほぐち》もないし

エリザベスが火口箱を取り出す。サラ・スミスのほうへ投げる。

サラ・スミス　やだよ、やらないよ、クームスさんがダメだって言ったじゃないか。

シャーロット　建前で言ってるだけ、あったかいほうがいいに決まってます。

みんながクームスを見る。歯をガチガチ言わせて震えている。

キティ　クームスさん、こんな寒いジメジメしたところでピクリともしないって、手とか足とか大丈夫？　凍っちゃわない？　死んじゃったらまずくない？

サリーが笑う。クームスはキティを睨むが、ほどなく頷く。

キティ　いいわよ、つけて。

サラ・スミス　アン、手伝ってくれる？

サラ・スミスとアンが火口箱から火を熾《おこ》そうとする。
エリザベスはサリーの前に膝をつき、彼女の手を取ろうとするが、サリーは逃れる。

エリザベス　サリー聞いて。

サリー　やめてよ。

サリーは離れようとするがエリザベスはつきまとう。

エリザベス　みんなに好かれるようにして。従順だと思わせて。男に何をされたか言って、何があったにせよ、あんたの意思じゃない／ことは

サリー　（／からかぶせて）耳が聞こえないのか、この売女《ばいた》、触るなって言ってんだよ！

サリーに突き飛ばされ、エリザベスは転倒する。

キティ　ちょっと、あんたっ！

クームスは彼女に駆け寄り起こそうとする。

エリザベス　大丈夫。何でもない。
アン　ついたわよー。

二人は火を熾すことに成功する。火が燃え始める。

サラ・スミス　早く、ふいご。

彼らは火を大きくしようと風を送る。ジュディスが暑がって苦しそうに大きく息を吸い、自分自身を、扇であおぎ始める。

シャーロット　ルークさん、その子は、自分によくしてくれる人を突き飛ばすような子ですよ。何でそんなに肩を持つの？
エリザベス　この子をこの世に引っ張り出したのが私だからよ！　だから、他の荒れ狂った人間たちと一緒になって、この子をこの世から追い出すわけにいかないの！
エマ　成人女性として審議するわけなんだから、赤んぼの時代のことを思い出すのはやめたほうがいいわ。

エリザベス　どうして？
エマ　……
シャーロット　情に引きずられたらダメ。
エマ　そうそう、ありがとうケアリーさん、そう言おうと／してたんですよ。
シャーロット　（／からかぶせて）あなたは情にもろい、情に引きずられてるの。
エリザベス　違います。その反対です、私は自分勝手だから、睡眠を邪魔されるのが嫌なんです、毎晩、無実の娘を殺すことに加担したんじゃないか、そう悩んで悶々とするのが嫌なだけです、〔暖炉の火をみて〕もっとガンガン送らなきゃ、ほら。

火がなかなか燃えあがらない。エリザベスはふいごを取り上げ、精力的に火に風を送る。

シャーロット　信心深い人には見えないけど。じゃあ天国を信じるの？
エリザベス　空を見上げれば、いつだって神様の存在を信じるでしょう。
ヘレン　この辺は空が広いわよねえ。
サラ・スミス　〔風を送るエリザベスに〕まあ、腕っぷしが強いねえ。
ジュディス　窓を開ければ少しは風が／入って

火がやっと燃えあがる。エリザベスはふいごを下に置く。

エリザベス　（／からかぶせて）お願い。こんなの全部茶番でしょう。みんな寒いし、お腹は空いてるし、クタクタだし、喉も渇いてる、それに全員、家の仕事がやりかけのままよね。ペグはサリーが貧乏だから信用できないと思ってる、でもヘレンはサリーが貧乏であることに同情してる、キティとハンナは、真犯人は彗星だと思っているのに、本気で同情はしてない、シャーロットはこの土地の人じゃないし、来たときから結論は決まってた、サラ・ホリスは口がきけない、アンはこの三年ろくに眠ってない、メアリーは、ごめんなさいね、手袋の右と左の区別もつかない、エマは人の命よりナツメグが大事、ジュディスはみんなが寒くて凍えてるのに暑くて死にそう、そして全員、誰が子どもの食事の世話をしてるのか、せっかく作ったバター、犬が食べちゃってないか、気になってしょうがない。

ここは司法の場としてはお粗末だけど、でもこの場所しかないの。窓の外には大空があって、その大空の下では自分たちの尊厳があるの。メアリーの考えもシャーロットの考えも同じぐらい重要で、だからみんなで力を合わせて一つに意見をまとめなければならないの。正しい結論を導くのは不可能に近いことかもしれないけれど、しなくちゃいけないの。正しい決断を下すのはほとんど不可能だろうけど、でもなんとかみんなでやってみない？

間。

シャーロット　ルークさんの言う通りよ。一緒に祈りましょう。
ジュディス　ああ、主よ。
エマ　賢い考えです、ケアリーさん。
エリザベス　そういうことを／言ってるんじゃ
サリー　（／からかぶせて）おしっこしたい。
ヘレン　あらまあ。
アン　おまるはある？
サラ・スミス　バケツはあった。
サリー　貸して。

サラ・スミスが彼女の傍らにバケツを置く。次のシーンのあいだ、サリーは中腰になって独力でバケツをまたごうとする。これがなかなかできない。

シャーロット　皆さん。よろしい？

ジュディス、エリザベス、サリーを除いた女たちが跪《ひざまず》く。

エマ　ブルーアーさん？

ジュディスはできる限り火から離れて自分を扇いでいる。

ジュディス　あ～、私は遠慮しとく。邪魔になるから。
シャーロット　何を言ってるの、スミスさんと私のあいだにいらっしゃい。わかりますよ、年齢が呼び込む不幸、みんな経験ありますもの、ねえ？
サラ・スミス　不幸、は違うんじゃないの。
サリー　ねえ。
シャーロット　不安な時期ではあるでしょう。
ジュディス　不安じゃないけど。暑いけど不安じゃないわ。

ジュディスがシャーロットとサラ・スミスのあいだに来る。

サリー　ねえ？

エマ　一緒に祈って、ルークさん。

エリザベス　祈りません。

サリー　ちょっと！

エリザベス　祈らない！　神に呼ばれてここに来たんじゃない！　権限を与えられたのに、何でその力を使うのを怖がるの？

シャーロット　好きにしなさい。天にまします

エリザベス以外の婦人陪審員たちは頭を垂れ目を閉じる。

陪審員たち　天にまします

サリー　**ねえ。／おしっこしたいんだけど。**

シャーロット　（／かぶせて）われらの父よ。

陪審員たち　われらの父よ

シャーロット　この娘をどう判断すればよいのか迷っております、どうかお導きください。

サリー　ふざけんな。

サリーはやっと独力でバケツに排尿する体勢を取る。

シャーロット　慈しみ深き神よ、御心のままに、娘の始末の手立てをお教えください、それは神の栄光であり、私たちの栄光でも、他の誰の栄光でもございません、神の恵み、御慈悲に満ちたお言葉をお与えください。

陪審員たち　アーメン

シャーロット　神よ、天にましますわれらの父よ、哀れな罪びとであるわれらにどうかお慈悲を。

陪審員たち　神よ、天にましますわれらの父よ、哀れな罪びとであるわれらにどうかお慈悲を。

エリザベス　始末の手立て、始末の手立てなんかない！　洗濯物じゃないんだから！　確かに性格も悪い、バカかもしれない、でも私たちだってそうなったかもしれない、私たちだって、私たちだって、窓を割ったとかナツメグの実を盗んだとか言われたら、服がなくなったら犯人だって言われたら、それに母親、毎晩飲んだくれてて、毎晩ぶたれて、毎晩アヘンを吸ってて、それに兄弟がベッドに潜り込んできたら、父親がベッドに潜り込んできたら、兄弟、父親、身内の男、

シャーロット　主よ、私たちの罪を、先祖の罪を思い出させないでください。すべての悪、悪行、そして永遠の断罪から

陪審員たち　お救いください。

シャーロット　世界じゅうの詐欺、肉欲、そして悪魔から

陪審員たち　お救いください。

シャーロット　稲妻、嵐、地震、火事、洪水から、疫病、ペスト、飢饉から、戦争、殺人、そして突然死から

陪審員たち　お救いください。

シャーロット　反乱、陰謀、革命から

陪審員たち　お救いください。

知らない男がベッドに潜り込んできたら、子どものときから酒を飲んで、頭を殴られて、知らず知らず毒が回ったかもしれない、たぶんそう、たぶん生まれたことが間違いなのかもしれない、でも私はそう思わない、だって私が取り上げたとき、サリーは美しかった——ピンクのしわしわで、こんなちっちゃい顔で、そう。生まれたのは間違いじゃない、この子はワルなんかじゃない、ただ善良なものが欠けてるだけ。祈らないで！　**利口ぶるのはやめてこんなのちっとも利口じゃない。**

サリーが排尿を終える。今や火は勢いよく燃えている。

サリー　すっきりした。

クームス　リジー落ち／着いて

エリザベス　（／からかぶせて）**あんた喋っちゃダメでしょうが、喋るのは私たち、あんたは喋らない。**

ジュディスが突然グループから抜け、我慢できない様子で窓を開ける。

ジュディス　ケアリーさん、ごめんなさい、無理だ、暑い、燃えるみたいに暑い。

シャーロット　まだ終わってませんよ。

サラ・スミスがジュディスを助けようと、ジュディスの元に駆け寄る。

ジュディス　悪いけどケアリーさん、あなたといるとおかしくなる。

窓が開いている。大衆の声。ジュディスは身を乗り出して冷気に当たる。サラ・スミスがスカートでジュディスの額を拭いてやる。

サラ・スミス　瀉血《しゃけつ》する？　私は週に一度やって――**シャーロット**　ああ神の子羊[*11]よ、世の罪を取

エマ　た、あれは効くよ。ナイフがあれば――
エマ　あるよ。
　彼女はナイフを取り出し、差し出す。
サラ・スミス　座って。足の親指を出して。
　ジュディスは座って靴を脱ぐ、その間サラ・スミスはバケツとナイフを取ってくる。
キティ　護身用のナイフはいつも持ってるの？
エマ　いつも持ってるよ。子どもの頃、おじさんが海軍から戻ってきたときからずっと。
キティ　おじさんからもらったの？
エマ　いや。

り除く方。
陪審員たち　平和をお与えください。
シャーロット　ああ神の子羊よ、世の罪を取り除く方。
陪審員たち　平和をお与えください。
シャーロット　ああキリストよ、お聞き届けください。
陪審員たち　ああキリストよ、お聞き届けください。
シャーロット　主よ、哀れみたまえ。
陪審員たち　主よ、哀れみたまえ。
シャーロット　主よ、哀れみたまえ。
陪審員たち　主よ、哀れみたまえ。

シャーロット　ジェンキンズさん、お祈りの最中ですよ！
エマ　すみません、本当におっしゃる通り。

サラ・スミスがナイフとバケツを持ってジュディスの元へ来る。

サラ・スミス　あっという間だからね。

サラ・スミスはジュディスの足を膝の上に乗せる。

サラ・スミス　私じゃうまくやれるか自信ない、リジー、やってくれる？

サラ・スミスがナイフを取り出す。エリザベスはためらうが、ナイフを受け取る。

エリザベス　（ジュディスへ）いい？

シャーロット　主よ、哀れみたまえ。
陪審員たち　主よ、哀れみたまえ。天にましますわれらの父よ、願わくは、み名の尊まれんことを、み国《くに》の来たらんことを、み旨《むね》の天に行わるるごとく地にも行われんことを。われらの日用《にちよう》のかてを、今日《こんにち》われらに与えたまえ。われらが人に赦すごとく、われらの罪を赦し

ジュディス　いいからやっちゃって。

エリザベスは彼女の手をジュディスの額に当てる。
長いことそのまま。ジュディスは息を吐き出し目を閉じる。
婦人陪審員たちが祈ってるあいだ、エリザベスはジュディスの足の親指を切る。血が流れ出る。サラ・スミスがバケツに血を受ける。ジュディスが安堵して息を吐く。

たまえ、われらを試みに引きたまわざれ、われらを悪《あく》より救いたまえ。アーメン。

シャーロット　願わくは、父と子と聖霊に栄えあらんことを。初めにありしごとく、今もいつも世世《よよ》にいたるまで。アーメン。

婦人陪審員たち　アーメン。

ジュディス　あ〜。

サラ・スミス　楽になった?

ジュディス　あ〜楽になったあ。こんな楽になったの初めて、この人、物知りだねえ、ねえ?

部屋はしんとしている。窓から赤ん坊の泣き声が聞こえる。女性たちとクームスは全員音がするほうを見る。

間。

ジュディス　もう閉めていいよ。火照り、消えたわ、すっかり。

サラ・スミスがハンカチを取り出し、ジュディスの足の指に巻く。リジーが窓を閉める。煙突の中で羽のバタバタという音が聞こえる。狂ったような大きな音。婦人陪審員たちが見る。

シャーロット　煙突に風が吹き込んだだけですよ。

サリーはお乳が出る、と感じる。驚いて胸を見る。

サリー　コップ、貸して。

エリザベスが見上げる。

エリザベス　どうしたの？

サリー　わかんない、出そうなの。

彼女はサリーに駆け寄りコップを渡す。サリーは自分で母乳を絞ろうとする。拘束されているので難しい。

バタバタ音がひどくなる。女性の何人かは、無気力でありながら、何事かと不思議に思い、暖炉のところへ行く。

メアリー　エンジェル？

エマ　お黙り、メアリー。

メアリー　〔火を〕消して！　消して！

エマ　ちょっと、掴まないでよ！

サリー　見て。出てる。だから出るって言ったじゃない。

彼女は母乳をコップに入れる。エリザベスは見て驚く。

エリザベス　私が／手伝う

サリー　（／からかぶせて）邪魔！
エリザベス　ごめん。

バタバタ音がもっと大きくなり、もっと狂気を帯びる。

メアリー　エンジェルなんか見たくない、怖い！
エマ　びゃあびゃあ騒ぐんじゃないの！
キティ　あ〜、ほっときなさいよ、おつむが弱いんだから。

バタバタという音が大きくなる。メアリーは恐怖のあまりしくしく泣きだす。

エマ　今泣くか⁉　さっきから見てるけど／あんたここに来てから半分は泣いてばかりよね。

メアリーは捕らえられた鳥のように部屋を走り回る。激しくドアにぶつかる。

メアリー　（／からかぶせて）**来る！　来る！**　出して、お願い、出してえ！

クームスがメアリーをドアから引きはがそうとし、二人は床の上で格闘する。サリーは乳を搾るのを止め、疲れて後ろに下がる。

サリー　何なの？　黙ってないで、何？

エリザベスがコップを取り、光に透かす。中には黄金色の母乳が少量たまっている。

エリザベス　お乳。
お乳よ。

非常に大きい死んだカラスが暖炉に落ちてくる、黒い煤《すす》が雲のごとく大量に舞い上がる。婦人陪審員たちが悲鳴をあげる。
黒い雲が大波のように部屋を包み込み、霧のようにすべてを呑み込む。
家具、床、婦人陪審員たち、サリー、クームス。
そしてコップの中のお乳。
暗転。

第二幕

殺人が起きる数時間前、サリーはアリス・ワックスと飛行機ごっこをして遊んでいる。サリーは仰向けになって寝ている。両足でアリスを持ち上げ、童女は飛行遊びに興奮して喜んでいる。二人とも楽しんでいる。

六・汚れ（前幕ラストシーン直後から）

少し経ったあと。エリザベスはまだコップを握りしめている。母乳は今や煤で黒くなっている。物も、人もすべてが黒くなっている。婦人陪審員たちは呆然としている。咳き込み、服の煤を払っている。ジュディスは大きな死んだカラスを暖炉から引きずり出し、高く掲げる。火は消えてしまった。エリザベスは一人ゴニョゴニョ祈りのようなものを唱えている。

エリザベス　助かった助かった助かった助かった。

（エリザベス、メアリー、同時に）

メアリー　エンジェルよ！　エンジェルよ！

キティ　うるさいメアリー、ただのカラス！

ジュディス　可哀そうな悪魔の鳥、死ぬために煙突に入ったのか。

エマ　**裁判所は煙突掃除、しないわけ？**

エマは自分の真っ黒になった服を見つつ言う。

エリザベス　助かった助かった助かった助かった。

エマ　見てこれ！　見てこれ！　もうダメだ。サラ・スミス、見てよこのドレス！

エリザベス　（前より大きく）助かった助かった助かった助かった助かった助かった。

エマ　あ〜、ケアリーさん、スカートが！　失礼。

彼女はシャーロットの煤を払う。

シャーロット　ご親切に。

アン　クームスさん、もう無理です、こんな状態で義務は／果たせません。

エリザベス　（／からかぶせて）え？　いや、見て、お乳！　証拠のお乳！　サリーは、もう大丈夫。妊娠してる！　もう証明できる。

サリー　だから言ったじゃん。

エリザベス　もう一度決を採りましょう。コップのお乳がサリーの妊娠の証拠だと思う人、手を挙げて。

エリザベスは勢いよく手を挙げる、全員が続くと期待している。ゆっくりと手を挙げるのはジュディス、ヘレン、アン、ハンナ、キティ、メアリー、サラ・スミス。エリザベスは他の陪審員たちを見てショックを受ける。

エリザベス　え……全員じゃないの？　お乳が出たのに……証拠があるのに。

シャーロット　（静かに）黒いもの。

エリザベス　だってそれは、違う……違う、黒いのは煤、元は――黄金色だった！

彼女は黄金色の母乳が残っていないかコップの中身を確かめる。

エリザベス　ホントに、ホントに黄金色だった、あの前、見たの、煤が落ちてくるまでは、見て……見て……じゃ舐めて。舐めて、甘いから。

彼女は指を舐める。ペグとエマにも舐めろと差し出す。

エリザベス　とにかく全員見たでしょ、そうでしょ？　見なかったとは言わせない！　ペグ？　見てたの見てたからね、見なかったとは言わないよね。

ペグ　何を見たかわからない。一瞬だったし。

エリザベス　うそよ！

ペグ　リジー！

ヘレン　リジーが見たって言うなら私はそれだけで充分。

アン　私も見た。

ジュディス　私も。

サラ・スミス　私も。

エリザベス　ほら、みんな見てる、自分に不都合だからって事実を認めないなんて許されないわ、非道すぎるもの。

ジュディス　そう興奮しないの。

ペグ　何でそんなに必死になるの？
サリー　どうなってんのよ？
エリザベス　大丈夫よサリー。（婦人陪審員たちへ）お願い。お願い。
　　沈黙。エリザベスの恐怖が大きくなる。コップをサラ・ホリスに向けてグイと押しやる。
エリザベス　サラ・ホリス、あんた私がウソをついてるとは思わないよね？　ウソをつく理由がないもの。これが事実、見なさいよ！　**見なさいよ！**
　　今度はシャーロットの顔にコップを突きつける。
エリザベス　見なさいよ！
　　シャーロットがコップを取る。
シャーロット　窓を開けて。

シャーロットが母乳をバケツに入れる。

エリザベス　やめて！

サリー　ええ、何よ、何してんのよ？

ペグ　凍っちゃう。

シャーロット　煤を出さないと、開けて。

彼らは窓を開ける。外から野次馬の声。女たちが煤を外に出そうとする。サリーが初めてパニックになる。

サリー　何でよ——お乳を出せって言ったから出したのに——／何なのよ？

エリザベス　（／からかぶせて）大丈夫。今／みんなで

サリー　（／からかぶせて）大丈夫じゃないよ。コップに証拠があったのに無視して、どこが大丈夫だよ！

外では野次馬の声がますます騒がしくなる。「ビッチを吊るせ」という威勢のいいコールが湧き上がってくる。サリーはおびえて手で耳を塞ぐ。

エマ　一瞬で楽になれる。諦めるんだね。
サリー　本当のことを言ってるのに！　エリザベス、あんた／許さないよね――
エマ　（／からかぶせて）世間様の理《ことわり》が少しは頭に入ってきたんじゃない、吊るし首用の木枠がギシギシ音を立ててるの、聞こえる？　人殺し。
サリー　やだ！　世間のために死ぬなんてやだ！　見世物はやだ！
エリザベス　聞きなさい、まだ終わってない。判事に刑の執行を延期するよう嘆願してみる。
サリー　延期なんかしてくれない！
エリザベス　あと一ヵ月か二ヵ月すれば妊娠がはっきりするんだから。
サリー　一ヵ月もない！

ドアをノックする音。クームスが応える。メモを渡される。それを読む。メモをシャーロットに渡す。シャーロットがメモを読む。

シャーロット　お医者様が下にいらしてるそうよ、ヘイルスワースのドクター・ウィリスって方、必要なら診察しますって。
ヘレン　そんなお金のかかること必要ないでしょ。

シャーロット　診療費は裁判所もち。
エマ　その医者、時給いくらで診る医者にしては、仕事が早いって聞いてる。
サリー　医者に診てもらえるの？　何だよ、何でみんな先に言わないの！
エリザベス　医者なんか要らないでしょう、十二人も成人した女がいるのに。
サリー　何でもいい、医者の診断なら信じるんでしょ、なら連れてきて。
エマ　医者に診てもらえるなんて大したもんだ、私は反対しないよ。
ペグ　ウィリス先生の意見が聞けるなら是非聞きたい、安心するもの。
ハンナ　私も。
キティ　私も。
エリザベス　私が診たのに何で医者の診たてが必要なの？　子どもを取り上げるとき、私を信じた、そうじゃないの？　悪いことが起きたら誰を頼った？　赤ん坊がおっぱいを飲んでくれない、おっぱいが出ない、乳首が潰れた、あそこが裂けた、旦那が勃起しない、真夜中にへたりこんで泣きたくなった、そういうとき、私にすがったんじゃないの？　ウィリス先生んとこに駆け込もうとは思わなかったはずよ、違う？
サリー　この人たちに何言っても時間の無駄、やる気がないんだ。医者を呼んで。
エリザベス　医者は要らない、お乳を見せたじゃない！
シャーロット　私たちが一生懸命お祈りしてるとき、いきなり怪しいコップを出しただけじゃない、魔法みたいに。

エリザベス　魔法？　よくもそんな――いくらこの子が嫌いでも、私は助産婦ですよ、何で私を信じないの？

サリー　あんたバカ？　誰もあんたを信用してない。あんたより三〇センチ背の高い、声の太いやつの意見を聞きたいって言ってんだから、そうしてよ。

エリザベス　いいえ。私を信じない理由をきっちり聞かせてもらう！

突然サラ・ホリスが咳き込み、その咳が止まらない。全員彼女を見る。

サラ・ホリス　私

さらに咳き込む。キティが背中を撫でてやる。

キティ　大丈夫、大丈夫、大丈夫。

ジュディス　病気？

サラが首を振る。

サラ・ホリス　私

アン　話そうとしてる。

ペグ　話せないんでしょ？

エマ　話してみ。

サラ・スミス　せっつかないの。

サラ・ホリスがグワグワと声を絞り出す。

キティ　何か喉を湿らすものない？

ジュディス　ジンがある。

ジュディスはエプロンの下からジンの入ったフラスコを取り出し渡す。クームスが異議申し立ての音を立てる。

キティ　やめなさいよ、喉がガラガラなのよ！　大体、あんた、私たちを飢え死にさせるつもり？　飢え死にさせるつもりならこっちもあんたを飢え死にさせてやる、脅しじゃないわよ。

キティはジンをサラ・ホリスに渡す。サラ・ホリスがジンをすすり、フラスコを押し戻す。そしてエリザベスの手を取って部屋の隅に行き、エリザベスの耳に何事か囁く。エリザベスが離れようとするまで囁きは続く。

エリザベス　なんなの？　違う。

サラ・ホリスが再び囁く。エリザベスが恐怖におびえつつ彼女を見る。

エリザベス　違う、違う。そんな、そんなの、何のことか

サラ・ホリスが再び囁く。

エリザベス　やめて。

サラ・ホリスが頷く。

エリザベス　やめて！
エマ　何なの？
サラ・ホリス　私。話したい
エリザベス　やめて！
サラ・ホリス　ことが
エリザベス　やめてったら！
ジュディス　リジー！
エリザベス　おかしいのよ、おかしいの、本人自分でも／何を
サラ・ホリス　（／からかぶせて）……大事なこと。
エリザベス　いい加減なことよ。
サラ・ホリス　言わなきゃ――

リジーはサラ・ホリスのところへ飛んで行き、口を塞いで喋らせまいとする、他の婦人陪審員たちが彼女を引き離そうと駆け寄る。

エリザベス　作り話だってば！

婦人陪審員たちがリジーを引き離そうとするが、リジーは彼女らを押しのける。

エリザベス　やめて、何でそんなことするのよ？　私、あんたに何かした？

サラ・ホリス　だって……／言わなきゃ

エリザベス　（／かぶせて）**うるさい。うるさい。**

エリザベスは一握りの煤を掴み、サラ・ホリスの口の中に入れようとする。ジュディスがエリザベスを抑え、そのまま素早く部屋を横切り、しっかり束縛する。

ジュディス　**いい加減にしなさい！**　バカやってんじゃないの！

他の婦人陪審員たちがショックを受けているサラ・ホリスの周りを囲む。

シャーロット　大丈夫？

サラ・ホリスは咳き込み唾を吐くが頷く。

エマ　ほらハンカチ。
エリザベス　イジワル、イジワルで／そういうこと
ジュディス　（／からかぶせて）しー。話させてやんなさいよ。

サラ・ホリスはしばらく自分を落ち着かせようとする。唾を呑み込む。ついに口を開く。

サラ・ホリス　息子を産んだのは、秋なのに、暑い日*[12]でした、私、森の中で、誰にも見られずに産みたかったんです。娘たちは女の人が大勢いる、あったかい、暗い部屋で産んだんですけど、でも今度は自分だけで産みたかった、そうしたことを死ぬまで後悔するだろうけど、でもそんなこと今更言っても遅いですよね。
で、気がついたら

一拍置く。

サラ・ホリス　失礼。
キティ　大丈夫、ゆっくりで。

サラ・ホリスはありがとうと言う感じで頷く。間。再び話し始める。

サラ・ホリス　気がついたらトリプル・プリー通りの裏の森にいたんです。どうやってそこまで行ったのか、どのぐらい地面に倒れて唸ってたのか自分でもわからないんですけど、ふと見ると女が一人いて、イバラの前にしゃがみこんで、クロイチゴを集めてたんです、エプロンが黒いシミだらけになってて。

肌はピンク色で、黄金色の髪を丸パンのように丸めてお団子にしてて、耳にはキレイな石がぶら下がってた。

一〇月二〇日、ミカエル祭はもう終わってたし、クロイチゴを摘むには遅すぎる。母からミカエル祭のあとにクロイチゴを食べると災いがあるって聞いてたんで、私、痛みをこらえて呼びかけたんです、食べちゃダメ、悪魔を呼び寄せる、でも女は振り返ると、自分がその悪魔だって。

顔はキレイだった、耳から垂れてたのは真珠のように白い歯で、スカートの下からは蹄がのぞいてた、女はクロイチゴを酸っぱくさせるために絶えず唾を吐きかけてた、だから顎が濡れ濡れと光ってて。

怖くて怖くて卒倒しそうだった、でも身体じゅう痛くて痛くて身動きできなかった。女が助けてあげるよって言ってきて、私は泣きながら、悪魔の助けなんか要らないって言ったけど、止められなかった、しばらくすると女が冷たい手を私の熱い頭に当ててくれて、気持ちよかった、それに腰も支えてくれた、私は木に向かって足を突っ張らかして、力んで、力んで、力みきって、息子の頭が出たとき、女が跪いて、指を私のアソコに入れて、息子の肩をゆっくり引き出してくれた、イチゴのヘタでも取るように。

かがんで臍《へそ》の緒も食いちぎってくれて、私の腕に息子を抱かせてくれた、あの子、すぐにおっぱいにしゃぶりついて、ちゅうちゅう吸い始めて、ああ、なんて可愛いんだろうと思った。

でもそのとき、ぞっとするような唸り声、鼻を鳴らす音、それに笑い声がした、顔を上げると、その女がすっかり正体を現してて。まだ女ではあったけど、素っ裸で、髪もなくなってて、おっぱいは洋ナシのように垂れ下がって、皮膚全体が口内炎のように赤くて、息は臭くて、さらに足のあいだから血が流れてて。女の後ろには、点々と生肉が落ちてて、肉の道ができてた。

おっぱいを飲んでる息子を見ると、頭に女が呪いのキスをしたあとがあって、それを見てはっと気がついた。どんなに可愛い我が子でも、生かしてはいけない。それで川まで行ってペチコートに石を入れて息子をくるんで。でもあの子、ウブウブ言って、本当に可愛くて可愛くて、できなかった。それでまたペチコートを穿いて家に連れ帰ったの。

女の悪魔はもう一度だけ見た、でも二〇年以上、毎日あの呪いのキスが見える、怖くてたまらなかった、他の誰にも見えないのに見える。それに毎日、とんでもないものをこの世に誕生させてしまったんじゃないか、そう思うと怖くて怖くて。でもルーカスはいい子に育ってくれた、敬虔なキリスト教徒だし、家に蜂が入ってきたときなんか、三〇分もホウキで格闘して外に出そうとするし、ジン、もう少しもらえる？　ジンが薬。

シャーロットがジンを渡す。サラ・ホリスがそれをぐっと飲み干す。

ハンナ　いつ？

サラ・ホリス　何が？

ハンナ　その女の悪魔、いつもう一度見たの？

サラ・ホリス　あ〜。そう、それを言いたかったの、その次の年の春、森の中で、悪魔が跪いて、その子をリジーから引っ張り出してた。

サラ・ホリスはジェスチャーでサリーからエリザベスを示す。全員エリザベスを見る。

エリザベス　おめでとうホリスさん、一〇分間作り話をして時間を無駄にしてくれたわね、じゃあ本題に戻りましょうか。

サリー　うるさい。
エリザベス　サリー、この人は何年も前から／おかしいの
サリー　（／からかぶせて）一分でいいから黙って。
エリザベス　自分のお母さんに聞けばいい、お母さんが
サリー　聞く必要ない。ママ、私をあんたから五シリングで買ったって言ってた、何度も引き取ってくれって頼んだけどあんたが断ったって。

一拍置く。

サリー　これで喋れなくなったろ、よかった。
エリザベス　そんなの真っ赤なウソだから。
サリー　そう言えるの？
エリザベス　だって。だって。だって、言いたくないけどでも
サラ・スミス　リジー、もういいから。
エリザベス　お母さんはジンが好きすぎて中毒になってる／だから
サラ・スミス　（／からかぶせて）もういいから！

間。

サラ・スミス　ホリスさん、何も今日ぶちまけることないだろうに、まあ、言っちゃったもんはしょうがない。

エリザベス　デタラメよ、信じてないわよね、サラ？

サラ・スミス　八三になるんだよ、地元を離れたことはない、全部知ってるよ。

エリザベスは婦人陪審員たちを見る。自分が否定されていると悟る。怒りと恥ずかしさでいっぱいになる長い間。怒りが抜ける。結局降伏する。

エリザベス　お母さん、私のところに来たことなんかなかった。

サリー　ウソつき。

エリザベス　私はあんたのお母さんと話したこともない、会ったこともない。

サリー　**ウソつき。**

ヘレン　父親は誰なの？

間。

エリザベス　ワックスさんのお屋敷で働いてたことがあるのよ、メイドとして雇われたの、屋根裏部屋をあてがわれて。十三歳で、なあんにも知らなかった、無知だった。だからワックスさんがオックスフォードから友人たちを連れて戻ってきたとき、ドアの前にたんすを置いておかなかった。暗かったから誰かわからない、覚えてるのは相手の臭いとヒゲの感触だけ。お腹が大きくなってきて家に帰った。母はきっと自慢に思ってくれるだろうと思ってた、でも最近出産で子どもを亡くした地元の女性に話してみる、きっと喜んで引き取ってくれるだろうって言われて。お金のやり取りがあったかは知らない。たぶん……母は……お金に細かい人だったから。

サラ・スミス　あんたのおふくろ、ドケチだったからねえ。

エリザベス　私がそんなのひどい、やってはいけないことだって言ったら、母は、いや、あんたは何もしなくていいんだから大丈夫、黙って成り行きに任せるだけでいいって。

　それで森に行って切り株の上にそれを置いて、後ろを向いて百数えたの。誰が来たか知らない、音もしなかった、私は空を見て鳥のさえずりを聞いてた、さえずり、牛の鳴き声、どこかでバターを作ってる音。

百数えて振り向いたらあんたはもういなかった。それで家に帰った。リネンを洗濯した。

彼女は咳払いをする。間。

エリザベス　そういうこと。これでもう一つバカ話が聞けたでしょ？

間。

メアリー　スゴくない？
ハンナ　あんまりビックリしちゃって。
シャーロット　先に言うべきだったわね。
ハンナ　あんまりビックリしちゃって、キティ――
キティ　私も。
ジュディス　ずっと黙ってたとはね。
アン　もっと早く言うべきでしょう。
エリザベス　言ったら頭じゃなく子宮で考える女だって思ったでしょう？　理性じゃなく感情の人間、今までみんな私のことまともだと思ってたでしょ、バカなおばさんだとは――

ヘレン　誰もバカだなんて思ってないわよ。
エリザベス　思ってる、思ってる、サラ・ホリスが口を閉じてられなかったから！
エマ　騙したのはあんたじゃないか！
エリザベス　関係ない、審理には何の／関係もない
シャーロット　（／からかぶせて）最初から論点をすり替えてたじゃないの！
アン　見え方が違ってくるわよね。
ヘレン　リジー、認めちゃいな、あんた、この子に特別な／思い入れが
エリザベス　（／からかぶせて）違う。
ヘレン　でも／そんな
エリザベス　（／からかぶせて）愛してないもの。愛したことは一度もない。
シャーロット　何てことを。
ヘレン　でも何か——何か、こう、気持ちはあるでしょうが
エリザベス　ない。
ヘレン　可愛いと思う気持ちとか／何かしら
エリザベス　（／からかぶせて）ない。
ヘレン　でも毎日一度は思い出した／でしょ。
エリザベス　（／からかぶせて）ない。本当にない。ヘレン、聞いて——

エリザベスがヘレンに手を伸ばす。

ヘレン　やめて。
エリザベス　でも
ヘレン　やめて、触らないで。

サリーが笑いだす。

サラ・スミス　何がおかしいの？
サリー　わかんない。ナーバスになってるのかも。

エリザベスが婦人陪審員たちを見まわす。全員、彼女と距離を取っている。

エリザベス　お願い。信じて。愛情からここに来たんじゃない。怒りにかられて来たの、この裁判所、まともじゃない。この子のことなんか一つも考えてない。誰のことも考えてない。私のことも、夫に歯を折られたって訴えたジェニー・ネルソンのことも、さらにジェニーはそのあとウサギをつかまえた罪で吊るし首になったんだからね、それにまだある、まだある、ヘレン、あんたの伯母さん、伯母さんもひどい目にあったよね？　伯母さん、近所から魔女だって責め立てられて、裁判所に守ってくれって頼んだでしょ、裁判所は守ってくれた？

一拍置く。

エリザベス　守ってくれた、ヘレン？

ヘレン　いいえ。

エリザベス　で、どうなった？

ヘレン　湖に入って泳げって言われた。

エリザベス　そうよね、それで溺れかけたんじゃなかった？

ヘレン　そう。

エリザベス　そうよ、溺れ死ぬはずが運よく二週間後、肺炎になっただけですんだ、真冬に女の年寄りに冷たい湖に入れだなんて、判事は女を守ってくれない、あんたたち、私を浅ましいと思ってるでしょうけど、でも裁判所のほうがずっと浅ましい、浅ましい役立たずの建物、燃やしたほうがいいんだ、何もしてない女をまた殺す前に。

シャーロット　罪を犯したでしょう！　有罪でしょう！

エリザベス　本当に有罪かはわからないでしょ。

シャーロット　有罪ですよ！

エマ　笑っちゃうね。スミスさん、あんたは常識人だと思ってたけど何でずっと黙ってたの？

サラ・スミス　リジーが責められるのは違うと思ってたんでさ。子どものことはリジーのせいじゃないもの。

シャーロット　じゃ誰のせい？　あなた〔エリザベス〕でないなら責めを負うべきは誰？　あなたが産み落とした悪魔でしょう。子どもを手放すのは辛かったでしょう、でもあなたは大勢の人生をぶち壊したの、娘に愛情はないとか、裁判所が悪いから来たんだとか、よく言えたものね！

エマ　落ち着いてケアリーさん、判事に相談しましょう。

シャーロット　判事には話しませんよ。医者を呼んできて、この薄汚い娘を吊るし首にしてもらいます、今日。

クームスがドアのほうへ向かう、エリザベスが立ちはだかる。

エリザベス　ダメ。

シャーロット　行って！　もう、もう我慢の限界、ルークさんの独善的な演説はもう聞かない、**恥を知りなさい**。何年も何年もこの娘は世の中に恐怖と毒を撒き散らしてきたの、ホリスさんが勇気を出して話してくれなかったら、野放しになってまた罪を重ねたに違いないの、何度も、何度も／何度も

エマ　（／からかぶせて）そう興奮しないで、このアバズレは日が暮れる前に棺桶の中ですよ。

アン　何年もってどういうこと？

シャーロット　他にも手にかけた子ども、事件があったってことですよ。

アン　法廷ではそんな話出なかった。

シャーロット　信頼できる筋から聞いたんですよ、この娘が他のお子さんにもひどいことをしたって。

サリー　ええ？

アン　それは……ちょっと待って、それはコルチェスターで起きたんですか？

シャーロット　いいえクラットフィールドです、ここから九マイル〔十四、五キロ〕ほど先の。

サリー　知ってる。

シャーロット　五年前サリーはそこで子守をやってたんですよ、六歳の女の子と、四歳のアルバートって男の子の。アルバートは火ダルマになって死にました。

サリー　ちょっと待って。

アン　何でそんなこと知ってるの？　その家族、知りあいなの？
シャーロット　まあ／遠いご縁で。
サリー　（／からかぶせて）待って、あんた、知ってる、そうだろ？
シャーロット　あなたのみじめな顔を見たのは今日が初めてです。

サリーが近づく。シャーロットは後退する。

サリー　あぁ、あんた。まさか。アニー・トムキンズ？
シャーロット　はい？
サリー　そうだよ、そう。クソアニー・トムキンズ！　手を見て気がつくべきだった。

シャーロットが手を隠す。

サリー　大佐の奥さんなのに何で手が荒れてるんだろうと思ってた。
アン　どういうこと？
シャーロット　さっぱりわかりません。
サリー　家政婦の手だよ。家政婦だよ。やり手の家政婦。

エマ　ケアリーさん？　どういうことなの？

サリー　アニー・トムキンズ、違ってたら天罰が下ってもいい！

エマ　ケアリーさん？

シャーロット　この子、ごまかそうとしてるんですよ。

サリー　痩せたね〜。

シャーロット　真実から私たちの目を／そらそうと

サリー　（／からかぶせて）前はお腹でっぷり、横も倍ぐらいあった。

シャーロット　そんな策略には乗りません。

サリー　巨大な岩みたいにデカかった。

シャーロット　やめなさい。

サリー　今は針金みたいに／細っこい！

シャーロット　（／からかぶせて）やめなさいって言ってるでしょう。

サリー　真面目に、どうやって痩せたの？

シャーロットがいきなりサフォークなまりの喋り方になる。

シャーロット　**サナダムシで痩せたんだよ。**

間。エマが笑う、ナーバスになっている。シャーロットがため息をつく。自分の手を見る。

エマ　どういうことなの、ケアリーさん？

シャーロット　ケアリーじゃない。トムキンズ。大佐の妻でもない、亭主に死なれて家政婦をやってるんだよ、ブレイ様のお屋敷で。

婦人陪審員たちが呻く。

サラ・スミス　まあまあ。

シャーロット　アルバートぼっちゃまが焼死したときもお屋敷にいた。サリーは事故だって言いはったけどね、そのあとすぐやめて出て行った。

サリー　あれはひどかった。本当にひどかった。でも私は何もしてない、それだけは信じて、ケアリーおばさん。

エマ　（苦々しく）トムキンズ。

シャーロット　あとになって六歳のお姉さまが言ったのよ、ぼっちゃまが人参を食べなかったもんでサリーが怒って、暖炉の中に突っ込んだって。

サリー　アルバートは風疹の後遺症で目が見えなかった、でも見えるみたいに走り回ってばっかりいたじゃない！　私が子ども部屋に行ったら火の中に落ちてたの。絨毯に転がして必死で火を消そうとしたけど……何て言っていいかわからない、ひどかった、本当に。

シャーロット　芝居がうまいね、泣けてくる、大女優のラヴィニア・フェントンも地団駄踏んで悔しがるレベルだ、とにかく奥様はお怒りだったよ、悲しみでおかしくなっておしまいになって。食べない、寝ない、顔も洗わない、一晩じゅう眠れず、私の寝ている横で伏せるばかり。大佐の妻だなんてウソを言ったのは悪かった、でもやっと子殺しの犯人が捕まった、裁判にかけられてるって聞いて、奥様に頼まれたんだ、奥様は跪いて、私にすがって、頼むから、後生だから陪審員になってあのケダモノが吊るし首になるのを見届けてちょうだいとおっしゃった、今度は逃がさない。

エリザベス　わかった、わかった、で、教えてくれる、何で私のしたことはこの人のしたことより悪いの？

シャーロット　私は正義が行われるか見届けに来た、あんたは正義を捻じ曲げに来たからだよ。医者を連れてきて。

アン　そう、お医者様の診たてを聞きたい、ここまで混乱したらそれしかない。

キティ　胸が悪くなる、（シャーロットへ）何で一緒のベッドに寝てるの？

シャーロット　え？

キティ　大きな家なんじゃないの？
サリー　でっかいよ。
シャーロット　それは——私と奥様の関係は関係ない。
サリー　本当のことしか言ってない、全部本当、ウソはついてない。
シャーロット　ついた！　何度も何度も、法廷で、アリス・ワックスちゃん殺しについて何も知らないって言ってたじゃないの。
サリー　違う、何も言うつもりはないって言った、全然違う。
シャーロット　真実を知ってて言わないなんてワルだねえ、余計悪いよ！
サリー　アリスのことは誰にも関係ないじゃん。
シャーロット　レディ・ワックスには大ありでしょうが？　子どもがどうやってこの世から消えたのか？　死体はバラバラ、見つかってない部分もある、どこに埋めたかあんたは言わない。身の毛もよだつ、おぞましい犯罪、ようやく刑が申し渡されたと思ったら、こうしてみんなで逃げ道を用意してやろうとするんだからね。もし医者が妊娠してるって言ったらびっくりだ、このワルも一つは真実を言ったことになる！
エリザベス　ケアリーさん。
エマ　トムキンズ。
エリザベス　お怒りはわかりました、でもサリー、トーマス・マッケイに影響されたこと、ちゃん

と言わないと

サリー　何が言いたいかわからない。

エリザベス　恋人は太陽と同じ。なくなったら生きていけないって思う、みんなそう、だから、彼に対して抵抗できない状態だったと理解してもらえれば——

サリー　抵抗できない？

エリザベス　そう、あなた自身が被害者だったのよ……彼に引っ張られて。

サリー　でも愛してた。

エリザベス　そう、それよ、愛してた、それでなすすべも／なく

サリー　（／からかぶせて）愛してたから何でもできた。

トーマス・マッケイの被害者じゃない、妻だった。

この部屋に味方は少ししかいないのは知ってる。

でもお乳を出せって言うから出したじゃない。ウソは一つも言ってない。

ケアリー——トムキンズ——何でもいいけど、誓ってアルバートには触ってない、助けようとしたとき以外、触ってない、でもトーマス・マッケイがやったことは、私もやった。

全部やった。正直、それ以上にやった。

アン　それはどういう意味なの？

サリー　トーマス・マッケイが現実にいるとは思ってない。

サラ・スミス　まあ、吊るし首にされた死体があるじゃないの。
キティ　現実にいないの？　どういうこと？
サリー　私が作り上げたんだと思う。
ジュディス　そんな夢みたいな話、どっから。
エマ　わかって言ってるんだよ！
キティ　この子本気よ。
サリー　本気。
エマ　**何で。**
サリー　私が現れてって願ったら
現れたから。
現れたとき
私が夢見た通りの人だった。

一拍置く。

エリザベス　現れてって願ったの？
サリー　そう。午前中ずっとシーツを繕ってた。目はしょぼしょぼするし、頭は痛いし、でもまだリネンのアイロンがけもしなきゃいけなかった、かまどの火を落として、階段も拭いて、前の晩、シュミーズを洗濯したばっかりなのにもう大汗をかいて、脇の下に汗がにじむのがわかって、ムカムカしてた。

ジュディス　面倒くさいのよね、シュミーズの洗濯。

若い婦人陪審員たちがしーっと言う。

キティ　しー、続けて。

サリー　旦那が帰ってくるとき、機嫌がいいか悪いかどっちだろうって考えてた、悪いほうがいいなって思った、それならケンカになる、ケンカになって怒鳴りあえる、そのほうが黙って濡れた薪の煙を見ているよりまし、そうだな、お前の言う通り、夜、雨が降ったな、機嫌がよければ旦那が何て言うか息を殺して待たなくてすむけどね、それで空を見上げた、とっても青くてキレイな雲が広がってて、で、思った

思った

あの空から誰か落ちてこないか、カッコいい男が黒い馬に乗って、私のほうに来ないか、

そして馬を止めて天気の話をするの、近くに宿はないかな、でもそれは策略なの、だって
目当ては私なんだから。

目当ては私。

二人とも会話は口実だってわかってる、ただ一緒にいたいだけ、だから私を食い入るように見てる。彼がこの世に存在するのは私を見るため、つまり――何て言えばいいかな、教会でそんな目をしたら火あぶりになる、そんな目

みだらな目
身体が花開くような、あの目

見られて、肩からショールがすべり落ちると、彼は帽子を取ってこう言うの、家事をやるには暑すぎないか、俺は川に水浴びに行くけど、一緒に行くか？　私はショックを受けた顔をして、夫がいる、もうすぐ帰ってくる、二人とも殴られる、彼は微笑んで、力づくで馬の後ろに私を乗せるの、そして野生のウイキョウがいっぱい咲いてる[*13]原っぱに連れて行って、私をそこに放り投げて愛しあうの。激しく、嵐みたいに。／それで――

サラ・スミス　（／からかぶせて）サリー！

（サラ、エマ、同時に）

エマ　（／からかぶせて）何てことを——

キティ、ハンナ、メアリー、ペグ　しー！

サリー　欲しくて、欲しくて、欲しくて、欲しくてたまらない気持ちが沸騰したミルクみたいに、空に湧く雲みたいにフツフツ湧いてきて、それで目を開けたの、そしたら空に一筋、鈍い光みたいなものが見えた。だから待ったの。そしたら地平線に点が見えた。その点が近づいてきて、指紋になった、指紋が近づいてきてシミになった、シミが近づいてきて蜂の群れになった、蜂の群れが近づいてきて機械になった、機械が近づいてきて男になった、男、男、男、私の前で止まってひらりと馬から降りた、ブーツが地面に着く前に、私にはわかってた、もうこの男の言いなり、ずっと一緒にさまようんだ。

間。

キティ　私は空なんか見上げたことない。洗濯物を干す以外。

アン　そうね、そういう空想は楽しいでしょうね。

ジュディス　でも……ごめんね、細かいことはわからない、あなたの……

エマ　妄想

ヘレン　しっ、エマ。

ジュディス　自分で考えたの？

エマ　破廉恥な白昼夢。

キティ　全部自分で想像した？

サリー　そうだよ。

キティ　トーマスはそうやって現れたの？

サリー　そうだよ。

キティ　で今言った通り……行動した？

サリー　そうだよ。

キティ　今話した通り？

サリー　いや、一つ作ったことがあった。

アン　何？

サリー　黒い馬じゃなかった、白と黒のまだらだった。

クームスが嫌悪の声を出す。婦人陪審員たちが彼を見る。彼は下を向く。

サリー　あの日は、私が四時頃お屋敷に行って、庭からあの子を連れ出したんだ。曇ってたけどまだ明るかった。あの子と話した、彗星のことや、犬は夢を見るのかとか、暗くなってきて、トーマスが来るまで飛行機ごっこをした。

アン　でどうなったの？

サリー　トーマスが来た。

アン　トーマス、何をしたの？

サリー　あの子を静かなところに連れてった。

アン　何のために？

サリー　殺すため。

アン　殺すつもりだって知ってたの？

サリー　知ってた。

アン　手助けしたの？

サリー　いや。

アン　でも見ていた？

サリー　そう。

アン　彼を止めようとした？

サリー　いや。

アン　女の子に死んでほしかったの？
サリー　わかんない。どっちでもよかった。
アン　トーマスは何であなたも連れてったの？
サリー　私を愛してたから。
アン　それで？
サリー　私を愛してたからよ。
アン　他には？
サリー　私を愛してたから。
アン　あなたの果たした役割は？
サリー　あの子を連れ出すのと、やったあとの始末。
アン　止められなかったの？
サリー　そう。
アン　止められなかった？
サリー　止められたけど、でも。
アン　でも何？
サリー　でも、止めたくなかったんだ。

長い、不快な間。

エリザベス　飛行機ごっこって何？

間。サリーがエリザベスを見る。

サリー　知らない。

さあ、トムキンズさん。私、バカがつくほど正直でしょ？

間。

シャーロット　医者を連れてきて。

クームスが部屋の外に出る。婦人陪審員たちは黙って座る。

シャーロット　ジェンキンズさん、謝らないとね／ずっと

エマ　（／からかぶせて）失礼、私、静かに座っていたいの。手持ち無沙汰なら鍋でも磨いてたら

いかが？

ペグが口の中に灰がたまっているので床に唾を吐く。

ペグ　ダメ、まだ味がする。

ハンナ　最初に妊娠したとき灰を食べた。男の子がお腹にいるとき灰を食べなかった、キティ？

キティ　食べた、それに洗濯石鹸の欠片。

メアリー　私は土。

間。クームスがドクター・ウィリスを連れてくる。身なりのよい紳士である。

ドクター・ウィリス　ごきげんよう。

全員もごもごと挨拶をする。彼は汚れた部屋を見まわす。

ドクター・ウィリス　病院と同じ環境は期待できないですね。

サラ・スミス　暖炉にカラスが落ちてきたんですよ、で、このありさまなんで。

ドクター・ウィリス　そういうこともあるでしょう。ミセス・ルーク、あなたのテリトリーに土足で入り込んで申し訳ない、あなたの診断だけでも充分なのは承知しております。
エリザベス　その意見は少数派のようですよ、ドクター。
ドクター・ウィリス　はい。まあ。

一拍置く。
ドクター・ウィリスが窓のほうを見る。野次馬の声がまだ聞こえる。

ドクター・ウィリス　閉めましょうか？

クームスが手伝って一緒に窓を閉める。自分の手を拭く。

ドクター・ウィリス　ミセス・ポピー、テーブルの上に乗ってくれますか？

サリーがテーブルの上に乗る。

ドクター・ウィリス　できる限り不快な思いはさせないよう、致しますからね。

彼はカバンから大きな金属の器具を取り出す。精神異常者が発明した検鏡のようである。彼はそれに潤滑油を塗り、回して、しっかりと握る。きしむ音がする。

ドクター・ウィリス　怖がることはありません。これは私が発明した清潔な医療器具です。あ〜。ミスター・クームス、外に出てくれますか？

クームスが首を振る。

ドクター・ウィリス　そうですか、では背中を向けてくれますか？

間。クームスが背中を向ける。

ドクター・ウィリス　結構、それと何か目隠しを――？

ジュディス　じゃあ？

婦人陪審員たちはテーブルを囲み、外側を見るようにして立ち、サリーが診察を受けてるあいだ、その姿が見えないようにする。
ドクターの器具がきしむ音、サリーの不快な呻き声。

ドクター・ウィリス　じゃあ今度は少し——そうそう——もう少し広く。いいですよぉ。

婦人陪審員たちはそれらを聞いている、ぎこちない間。

ドクター・ウィリス　力を抜いて。

サリーが声をあげる。

ドクター・ウィリス　力を抜いて。
ちょっと冷たいですよ。

キティが一握りの髪を抜く。ハンナに見せる。

キティ　言ったでしょ。ほら。

ハンナ　おっぱいあげるのを止めてどのぐらい？
キティ　まだ一週間も経ってない。このペースで抜けたら四旬節*14までにツルッパゲになっちゃう。
サラ・スミス　リジーに相談してみ、よく効くお酒をくれるよ。
キティ　悪いけど前にもらったビネガースポンジぐらいの効果しかないなら要らない。
アン　効かなかったの？
キティ　全然。テーブルのニスは取れたけど。

婦人陪審員たちが笑う。間。サリーの低い声。

ドクター・ウィリス　ミセス・ルーク、ロウソクを。
エリザベス　ロウソクは使っちゃいけないって言われてるんです。

ドクター・ウィリスはランプを取り、火口箱を使って火を灯す。

ドクター・ウィリス　怒られても仕方ない。この器具はお利口ですが、暗がりは厄介なんです！
腰を上げて……もう少し……そうそう。

間。サリーがもっと不快な声を出し、それにかぶるように新しい会話が声高に始まる。

サラ・スミス　足の指はどうお、ブルーアーさん？

ジュディス　おかげさまでもうかさぶたができてます。

ドクター・ウィリス　動かないで、じっとして。

サラ・スミス　他にも効く治療があるけど知りたい？

ジュディス　もちろん。

サラ・スミス　ボウルいっぱいのルバーブ。週に二回。何で効くのかわからないけど効くよ。

シャーロット　私からも一つ。あんまり気にしないこと。

ジュディス　そうそう。

ドクター・ウィリス　ゆっくり／息を吸って。

シャーロット　（／からかぶせて）怒ったり落ち込んだりするのもダメよ。あんまりはしゃぎすぎるのもよくない。あんた（小声で）男に対して欲望はある？

ジュディスはドクター・ウィリスとクームスをちらりと見る。

ジュディス　正直、ええ。

シャーロット　やめといたほうがいい。

ドクター・ウィリス　今度はちょっと痛いかもしれないですよ……

サリーが反応する。

エマ　五二歳になる伯母がいるんだけど、いきなり血の巡りがストップして、その一週間後、なんと、身体が燃えちゃったのよ。伯父が見つけたとき、腕が二本、足が二本、あとは灰の山だったたって。家具はベタベタ、引き出しの中まで、リネンもひどいことになってたって。

アン　うわあ。

エマ　本人はラクになったのかも。

ハンナ　私のひいおばあちゃん、七三歳で子どもを産んだの。

ヘレン　まさか。

ハンナ　（頷く）サルみたいな喋り方する子どもだった。

一拍置く。

アン　何千マイルも離れた彗星のことはわかるのに、女性の身体のことはわからないって、おかしいわよね。

間。検鏡のきしむ音だけが聞こえる。

ドクター・ウィリス　結構。

ドクター・ウィリスが出てくる。器具を拭いて、しまう。

エリザベス　どうでした？

ドクター・ウィリス　ミセス・ポピー、身支度できました？

サリー　できた。

ドクター・ウィリス　こちらを向いていいですよ、クームスさん。

ドクター・ウィリスがランプを降ろす。婦人陪審員たちが期待して彼を見る。

エマ　で、先生、どうなんです？

ドクター・ウィリスがはハンカチで手を拭き、婦人陪審員たちを見渡す。

ドクター・ウィリス　懐妊と妊娠の違いはわかりますか？

エリザベス　はい。

他の婦人陪審員たちは顔を見合わせ、「よくわからない」と口々に言う。

ドクター・ウィリス　懐妊は妊娠したであろう、と推定される段階。妊娠は胎児が動く段階です。違いがわかりますか？

婦人陪審員たちは頷き、口々に「わかります」とつぶやく。

ドクター・ウィリス　この囚人の場合は懐妊です。さらに胎動も感じられます／とはいえまだ妊娠初期ですが。

全員反応のつぶやき。

エリザベスは下を向き、心の底から安堵する。

サリー　（／からかぶせて）ありがとう！　だからホントだって言ってたのに！

ドクター・ウィリス　では失礼します、出産まで囚人を移送させないよう判事に提案しておきます、それとミセス・ルークが毎日囚人を見舞うことが望ましいと、どうやら難産になると思われますので。（サリーに）以前、大変なお産を経験したことはある？

サリー　え／何で

ドクター・ウィリス　（／からかぶせて）子宮頸部に異常がありますね、卵巣に問題がある可能性があります。（エリザベスに）できる限り休ませて、ちゃんと食事を取らせて少量の肉とビールも少しね。

エリザベス　ありがとうございます、ウィリス先生。

ドクター・ウィリス　出産後は蒸気を使って汚物を排出させるといいでしょう。蒸気を使う治療はよく知らないと／思いますが

エリザベス　（／からかぶせて）聞いたことはあります。

ドクター・ウィリス　あ〜、そうですか。

エリザベス　インチキですね。

一拍置く。

ドクター・ウィリス　まあ、卵巣を全部摘出したほうがいいでしょうね。
ジュディス　子どもができないようにするんだ。

ドクター・ウィリスは辛抱強く微笑む。

ドクター・ウィリス　卵巣は女性の身体においてもっとも影響力の強いものです。女性特有のあらゆる生理的なもの、それは女性の理性や知性に影響を及ぼし、また葛藤の原因ともなっています。ミセス・ポピーが行なった虐待行為は、生理学的見地から見た女性という生物の個性に起因するものではありません。これは、周期的に症状の現れる病に起因します。要するに、もし彼女が若い男に出会ったとき、生理中であったならば、彼女の取った行動は、彼女の責任ではないだろう、ということです。食欲は旺盛？
サリー　靴でも食べられる。
ドクター・ウィリス　そう、それが卵巣が暴れている証拠です。

彼はため息をつく。

ドクター・ウィリス　いやいや。病気の見本市みたいな娘さんだ。ミスター・クームス。

彼はクームスの手を握る。

ドクター・ウィリス　ミセス・ルーク。

彼はエリザベスのほうを見て頷く。エリザベスが手を差し出すが煤で真っ黒。彼は優しく微笑む。

ドクター・ウィリス　遠慮しておきます。汚れた手は医者と相性が悪い。ごきげんよう。

彼は優雅な身のこなしでお辞儀をし、出て行く。
全員がサリーを見る。クームスがロウソクを吹き消す。

ペグ　これで全部終わったね。
エリザベス　終わった。みんな聞いたね、頼りになる殿方のお言葉。
ジュディス　いいお医者様じゃない。自分が面白くないからって皮肉言わないの。じゃ、決を採ってくれる？

エリザベスが頭を振る。ジュディスはシャーロットのほうを向く。

ジュディス　ケアリー、いやトムキンズさん。望んでた結果じゃないだろうけどでも。

シャーロットがブワッと泣き出す。悔しそうに顔を隠すが、気を取り直す。

サラ・スミス　この調子でやってたら次に彗星が来るときも、まだここにいることになるよ、さ、集まって、お医者様の診断を認めるって人は手を挙げて。

シャーロット、エマ、ヘレン以外の全員が手を挙げる。間。そして自分と格闘しつつ、シャーロットがやっとの思いで手を挙げる。

ヘレンは項垂《うなだ》れる。泣く。

サラ・スミス　ヘレン？

ヘレン　ずるい。

エリザベス　どうしたの？　あんた最初からサリーに同情してたじゃない、今になって気が変わったの？

ヘレン　助かりたくてウソをついてると思ったのよ！　可哀そうなバカな小娘だから同情したのよ。まさか本当に妊娠してたなんて。

ジュディス　でも、そのほうがいいんじゃないの？

ヘレン　よくない！　よくない！　この子は人間じゃない、悪魔の子！　こんな怪物に子どもができて、私には一度もできないなんて、神様、不公平すぎる！

エリザベス　不公平だけど、でも／ヘレン

ヘレン　（／からかぶせて）優しく頼むからね、リジー、触らないで！

サリー　じゃあ生まれたら子ども、オバサンにあげるよ。

ヘレンは怒りのあまり叫ぶ。

エリザベス　サリー、やめなさい！

サリー　何？　オバサン、重すぎ。

ヘレン　**こいつ、八つ裂きにする！**

エリザベス　本気じゃないんでしょ。

ヘレン　本気。本気。その椅子、蹴っ飛ばしてやる。

ヘレンがいきなりおまるを掴み、中身をサリーにぶちまける。

サリー　きった〔ねえ〕……。誰かこのババアを止めて。

ペグ　きついよね、ヘレン、人生ってきつい、でも幸せって、探せばきっと見つかるから。

ヘレン　うるさいペグ！

メアリーがヘレンを羽交い絞めにし動かないようにする。ヘレンは大声をあげる。

メアリー　しーしーしー。しーしーしー。

サリーはエリザベスに拭かれるままになっている、ヘレンはメアリーにしがみついて泣く。メアリーが歌う。この歌は古い民謡のようにアレンジされているが、元歌はケイト・ブッシュの「ラニングアップ・ザット・ヒル」である。

メアリー　些細なこと

自分も感じてみたくない？
些細なことだと知りたくはない？
どんな取り引きをするか聞きたくない？
あなた、そう、あなたと私

キティとハンナも一緒に歌い始める。

できるなら
神様と取り引きする
彼と私を入れ替えて

ジュディス、サラ・スミス、アン、サラ・ホリス、ペグ、エマが加わる。

あの道を駆け上がる
あの丘を駆け上がる
あの建物を駆け上がる
もしかなうなら、ああ

私を傷つけたくないでしょう
でも銃弾の傷は深いの
知らずに私、あなたを切り裂いてる
ああ、私たちの心には怒りがあるの？
愛しあってるのにこんなに憎しみあうの？

サリーも一緒に歌う。

ねえ、お互いが大事なのよね？
あなた、そう、あなたと私
あなたと私、不幸にはならない
できるなら
神様と取り引きする
彼と私を入れ替えて
あの道を駆け上がる
あの丘を駆け上がる

支障なく

歌が終わる。間。

サリー　いい歌だよね。
ヘレン　もう一回決を採って。もう、ほぼ大丈夫。
サラ・スミス　サリー・ポピーが妊娠してると思う人、手を挙げて。

エマ以外の全員が手を挙げる。

サラ・スミス　エマ？

エマは床を見つめ、そっけなく頷く。

サラ・スミス　何？
エマ　そうよ。
サラ・スミス　そうよって何？

エマ　私に言わせないでよ。
サラ・スミス　何も言う必要ないでしょ、手を挙げるだけ。
エマ　挙げない、その女の得になるなら。
サラ・スミス　でも妊娠は信じるんでしょ？

エマは肩をすくめブツブツ言う。

ジュディス　あんたね、私、アイロンがけするものがいっぱいあるの、一メートルは積まれてるの、さっさと手を挙げて、みんな家に帰りたいんだから！

間。エマが手を挙げる。

サラ・スミス　ありがとう。

全員手を降ろす。ワンテンポ置いてエリザベスが息を吐きだす。体力を消耗しきった様子。

サラ・スミス　クームスさん、評決に達しましたよ。

クームス　確かですか。もっと時間を／かけて——
エリザベス　（／からかぶせて）あなたに聞く権利があるのは、評決に達したかどうかだけでしょう。

間。

クームス　評決に達しましたか。
サラ・スミス　はい。
クームス　結果は？
サラ・スミス　サリー・ポピーは妊娠してます。

サリーは大きく安堵する。椅子に崩れ落ち、しゃくりあげる。

エリザベス　ほら？　判事に伝えてきて。
クームス　お疲れ様です、お力添えいただき感謝します。もう行っていいですよ。
エマ　洗濯代、裁判所から出してもらえない？　このコルセット、クリスマスに新調したばっかりなのに。
クームス　ルールに従わなかったから汚れたんでしょう、裁判所は関係ありません。

クームスが出て行く。ワンテンポ置いて婦人陪審員たちがお互いを見る。

ジュディス　じゃあ。

婦人陪審員たちは立ち上がり、身なりを整える。

ジュディス　外にいる連中が結果を聞かないうちに出たほうがいいんじゃない。

外では怒りの野次が上がっている、野次馬はブーイングを始め、ガラスの割れる音も聞こえる。

キティ　もう遅いみたい。

婦人陪審員たちは窓の外から聞こえる怒号を不安気に聞く。

ジュディス　窓から離れてペグ。

アン　医者の診断に従っただけだって、はっきり伝えてもらわないと。
ヘレン　裏口はないの？
エリザベス　（サリーに）大丈夫？

エリザベスが跪くが、サリーは顔を上げない。

キティ　助かって運がよかったと思えるのは今だけかもよ。長いあいだベッドの上で痛い思いするのはうんざり、絞首刑になって一瞬で逝けるほうがいい、私はね。
ジュディス　ミスター・ギブンズなんかと結婚するからよ、あんな頭のでっかい男、あんた、きゃしゃなのに。
キティ　頭のサイズで亭主を選べるわけじゃないでしょ。
ジュディス　選ぶ方法の一つではある。クームスさん、戻ってくるの？　どうするんだろ？
エマ　待ってられない、もう務めは果たした、凍えきっちゃったよ。
アン　どうやってクラットフィールドまで帰るんですか、トムキンズさん？
シャーロット　わからない。
歩いてきたけど。
帰れない。奥様に何て言えばいいか。

ジェンキンズさん、お茶でも飲まない？

エマ　やだね。

エマが出て行く。

メアリー　私んちに来ます？　お茶はないけどパンとラードなら。

シャーロット　それは――ならお言葉に甘えて。

ジュディス　暗くなってきた。

ヘレン　お開きの時間ね。野次馬なんか怖くない、ちゃっちゃっと通り抜ければいいのよ。メアリー、あんたも行く？

メアリー　こんなに暗くちゃネギが採れない。エイモスに怒られる。腕を組んでくれる、トムキンズさん、そうそう。

シャーロット　優しいのね。アニーで結構よ。

ヘレンとメアリー、シャーロットが一緒に出て行く。

アン　お産、大変でした、ブルーアーさん？

ジュディス　いやあ、全然。
サラ・スミス　ウソばっかり！
ジュディス　たぶん、ちょっと。
サラ・スミス　この人、大声出して大変だった、水を持ってってやったじゃない。
ジュディス　終わると忘れちゃうのよ。
サラ・スミス　ほらこの腕見てみ、あんたの歯形がまだついてる。
ジュディス　ホント。でもお腹を痛めた子だから可愛いのよ。

ジュディスとサラ・スミスが出て行く。アンは手間取っている。何かを言うが言葉にならない。そして出て行く。

ペグ　私も行かなきゃ。誰か？

ハンナが、ペグが立ち上がるのを助ける。

エリザベス　朝、行ってあげるね。様子を見に。
ペグ　うん。うん。うん。

一拍置く。

ペグ　それなんだけど、リジー。

エリザベスが顔を上げる。

ペグ　いや、朝、お願い。

ペグが去ろうとするがハンナがぐいと引く。

ハンナ　言って。

エリザベス　何なの、ペグ？

間。ペグが身悶えする。

ペグ　リジーは友達だもの、傷つけたくない。

間。

エリザベス　何?

ペグ　デイビッド、ワックス様のお屋敷の庭師でしょ、とっても気に入られてるの、それで私が初めてのお産をするって聞いて、ワックス様がご親切にも、自分のかかりつけのお医者様に診てもらいなさいって、エディンバラのお医者さん、リジーがどうとかじゃなくて。本当にずっと悩んでたの、悩むと身体によくないかもだけど——

エリザベス　しっ。大丈夫。生まれたら赤ちゃん連れてきて、いっぱいキスしてあげるから。

ペグ　ありがとう——そうしてね——ありがとう。

恥ずかし気に、去り始める。

エリザベス　ペグ。医者は専門家かもしれないけど一番は自分だからね。やることはわかってるよね。身体が知ってる。自分の身体を信じて。

ペグは頷き、ハンナの腕を取る。

ハンナ　キティ、来る？

キティ　今行く。

キティが射すくめられたように、サリーを見る。ペグとハンナが出て行く。

サラ・ホリス　最初のお産、わらを積んでるときに生まれたの。ウナギみたいにつるっと出てきた、リジーもリジーの母親も来ないうちに、覚えてる？

エリザベスは答えない。

サラ・ホリス　リジー？

一拍置く。

サラ・ホリス　リジー、怒って当然だけど、友達になりたいと思ってるのよ。

エリザベス　そうなの？　二〇年は口をきかないほうがいいと思う。

サラ・ホリスは頷き、キティのほうを向く、キティはまだサリーを見ている。

サラ・ホリス　キティ？　どうしたの？

サラ・ホリスが優しくキティの腕を引っぱる。キティは我に返る。

キティ　考えてたの。一日家を空けるって何て楽しいのかしら。

サラ・ホリス　わかる。でももうおしまい。

サラ・ホリスとキティが一緒に出て行く。

サリー　バイバ～イ！　また来るんでしょ？

エリザベスとサリーだけになる。外では再び野次馬の声が大きくなっている。

エリザベス　刑は中止だって伝えたみたいね。

サリー　ふざけんな。

サリーは窓のところに行き、窓を開ける、サリーの姿を見て野次馬は逆上し、憎しみの声が爆発する。

サリー　ざまあみろ！　私は自由だ！　自由だ、バーカ、いくら騒いだって屁でも――アウ！

サリーは後退し窓を閉める。頬に投石が当たり血が流れている。サリーは血を拭き、指を見て笑う。

サリー　子どもが投げた。七歳ぐらいの子。びっくりしたあ。
エリザベス　自由にはなれない。
サリー　え？
エリザベス　死なない、というだけ。自由にはなれない。どこかに移されるから。
サリー　よかった。この国、大嫌い。アメリカに行ってあの人の子どもを産んで、あの人がやってたことをやる、私より恵まれてる女たちを殺す。

エリザベスは恐怖のあまり手で顔を覆う。サリーは両手を広げ、赤ん坊のような声で――

サリー　ママ！

クームスが戻ってくる。

エリザベス　クームスさん、この子に食べ物と水を持ってきてあげてもいいですか？
クームス　もういいよ、聞かなくても。俺に敬意なんて、これっぽっちも持ってないだろ。

一拍置く。

エリザベス　そうね。

エリザベスが出て行く。間。

クームス　レディ・ワックスが会いたいと。
サリー　え？　ヤダ、会いたくない――

しかしクームスはまた出て行く。

一拍置く。

レディ・マリア・ワックス、続いてクームスが部屋に入る。彼女は大変裕福な女性で、黒い喪服を着ている。顔には黒のベールがかかっている。レディ・ワックスは長いあいだサリーを見つめる。

サリー　胸当てを盗ったのは私じゃないから。

また長い間。

ようやくレディ・ワックスがクームスのほうを向く。彼女は彼の手を取り、握り、天を仰ぐ。

クームスも天を仰ぐ。

彼女はお金がぎっしり詰まったコイン入れを取り出す。それをクームスに渡す。

彼はコイン入れを長いあいだ見ている。

彼は頭を振り、コイン入れを返そうとする。

レディ・ワックスが拒否する。優しく彼のほうに押し返す。

間。

彼はお辞儀をし、コイン入れをポケットに入れる。

レディ・ワックスが出て行く。

クームスは、ドアを閉めるとカギをかけ、自分の時間を取る。


サリー　判事、何て言ってた？

私、どこかに移されるの？

移されたいんだけど。

判事には言わないでよ、だったら移さないとか言われたらヤダから。何で泣いてるのよ？


クームスはサリーを床に押し倒すと、彼女の腹部を十二回踏みつける。

彼は自分自身を取り戻す。

サリーを椅子に座らせる。

サリーはあまりの激痛に自分の身体を掴むような姿勢を取る。

間。

ドアノブがガチャガチャ音を立てる。

クームスがドアのところへ行き、カギを外す。

エリザベスがパンと水を載せたトレイを持って入ってくる。クームスは彼女の目を見ることができない。サリーが唸る。

クームス　事故だ。始末してやって。

エリザベスがトレイを落とす。

エリザベス　ああ、何で——何があったの？　立てる？

（エリザベス、サリー、同時に）

サリー　痛い……痛い……痛い……

エリザベスがサリーを立たせようとするが、サリーは呻き声をあげ、四つん這いの格好に倒れこむ。流産したことを感じる。指には血。

エリザベス　ああ——医者を呼んで！

クームス　もう帰った。

エリザベス　追いかけて連れ戻して！　どうして、何で／こんなこと？

サリー　（／からかぶせて）そいつが。

エリザベスがクームスを見る。彼はエリザベスの目を避ける。彼女はすべてを悟り、恐怖を覚える。

エリザベス　ウソ。ウソ。ビリーはそんなことできる人じゃ……そんなことしない。

クームス　俺は何もしてない。

エリザベス　（クームスに）裁判所を侮辱することになる、そんなことしない。

サリー　コイツは裁判所よりえらいやつから命令されたんだ。

エリザベス　レディ・ワックスにとってあんたは虫けらよ、ビリー。
死んだ子だって大きくなればあんたを虫けら扱いしたはずよ。
いつかあんたが役立たずになれば、平気で追い出す、追い出して二度と思い出しもしない。

クームスが出て行く。サリーは唸りながら椅子によじ登る。

エリザベス　あんた……大丈夫？

サリー　耐えられないほどじゃない。
エリザベス　どうしよう……どうしよう……どうしよう、どうしよう?
サリー　一人にして
エリザベス　うやむやにはしない、誰かに責任は取らせる、約束する。
サリー　そんなのムリに決まってる、でも――いい、消えて。

エリザベスがサリーを両腕で抱こうとする。サリーは身を投げ出す。痛みで息が荒い。

サリー　あんたは要らない。耐える女。いつも女。そんな忍耐力、クソくらえだ。森の中でこんな痛み、何度も味わった、一人で。あんたは要らない。

痛みが鋭くなり叫び声をあげる。

サリー　コルセット――緩めてくれる?

エリザベスがコルセットの芯を緩める。

エリザベス　ラクになった？

サリーが頷く。苦し気に息をする。

サリー　これで吊るし首になるんだ？
エリザベス　ならない。なっちゃいけない。私がさせない。
サリー　あんた、時々子どもみたいになるね。殺して。
エリザベス　え？
サリー　殺して。お願い。
エリザベス　サリー。
サリー　野次馬の前で死にたくない。それだけはヤダ。ここのほうがいい、この暗い部屋で、ひっそり、少しでもまともに死にたい、まともに死んだっていいでしょ？
エリザベス　一瞬で終わる。
サリー　あいつらロープをわざと短くしてる、お願い――
エリザベス　怖いのはわかるけどでも何も／感じない
サリー　（／からかぶせて）そうだけど内臓が出るの。知らないの？　ウンコまみれになって、口から泡をふいて、舌が出て、女たちがトリの皮を剝ぐみたいに私の服を剝ぐんだよ、周りに見せびらかすため、「ほ～ら、これが人殺しの娘が穿いてた靴下だよ。びっくりして腰がぬけるだろ、よく拝んでいきな」——お願い。ナイフ、ない？／でなきゃ

エリザベス　（／からかぶせて）ダメ。

サリー　レンガでもいい、何かあるはず／何か

エリザベス　（／からかぶせて）やめて

サリー　ここにあるもの、椅子／椅子の脚？

エリザベス　（／からかぶせて）やらない、私はやらない、やれない

サリー　腕の力あるじゃない

エリザベス　こんなこと、こんなことに

サリー　じゃああの火かき棒

エリザベス　やめなさい

サリー　あれで頭を思いきり

エリザベス　サリー！

サリー　お願い。

エリザベス　冗談はやめて

サリー　本気

エリザベス　私はキリスト教徒よ

サリー　私はあんたの娘だ
エリザベス　言わないで
サリー　何を
エリザベス　脅迫しないで！
サリー　**もてあそばれるんだよ。石とかカブとか、便所から持ってきたウンコとか、なすりつけられる。私の死体がオモチャになる、あいつら、ナッツを食べながら私が死んでくのを見物するんだよ、絞首台の周りで踊るんだよ、私の死体を見て喜ぶんだよ。それから私を切り刻む、ジョン・ワックスとあいつの友達、金払ってでも見に来るよ、地面に転がった素っ裸の死体ハラワタが飛び出た死体を見に来る、そんなことになっていいの？　それが望み？　森で私を産んだとき、そうなっていいと思ってた？**

痛みの発作。サリーは痛みで身動きできなくなるが、息はある。

エリザベス　ごめんね――できない――したくても――助けたくても――できない。

サリーはまた痛みの発作に襲われて唸り声をあげ、身体を折り曲げる。
エリザベスがサリーを看病しようと近づく。しかしサリーはエリザベスが後退するまでケダモノのように唸り、吠える。

エマが急いで戻ってくる。

エマ　リジー、ナイフ忘れちゃった、そこに

エマはサリーの様子を見て止まる。ショックを受け、動揺する。

エマ　どうしたの？

エリザベス　赤ちゃん、流れちゃった。

エマ　何で？　だって……どうして？

エリザベス　レディ・ワックス、評決が気に入らなかったみたい。

エマはサリーの様子に恐怖を覚える。

エマ　なら――なら判事に言わなきゃ。

エリザベス　何て言うの？　信じるわけない。信じたとしても――赤ん坊はいないのよエマ。いるとは説得できない、これじゃ……とても……

彼女はサリーから流れる血を見る。

エマ　でも

エリザベス　この子は吊るされるの！　どうしたらいいのか……この子……この子、私に……

エマ　何？

エリザベス　言えない……とても言えない。

エマは理解する。サリーを見る。間。

エマ　まあ。たぶんそれが一番いいだろうね。
外の連中、酔っぱらって盛りのついた猫みたいにわめいてる。正面玄関から出るのが怖いぐらい。この国は道徳心ってものがないんだね、本当にひどい。私が判事だったら、全員牢獄にぶちこんで、むち打ちにするのに。野蛮人。

サリー　エマ……エマ……エマ……エマ……

エマ　何？

サリー　ナツメグ盗んだ。

エマ　そう。
サリー　それからクローブも一握り。
エマ　そう——
サリー　あと調理台にあった真鍮の小さなベルも、何で盗んだのか自分でもわからない。でもごめんね。許してくれる？
エマ　いや。
サリー　そう、しょうがない。じゃ、エマから言って。
エマ　何を言うの？
サリー　リジー、腕の力が強い、やろうと思えばできるはず。
エマ　私があんたに同情すると思うの？

外の野次馬の叫び声がいよいよひどくなる。彼らは叫ぶ——アバズレ、アクマ、淫売、汚い女をひん向け——土くれが窓に投げつけられる。恐ろしい状況である。

サリーは泣き始める。本当に泣いている。

長い間のあと、エリザベスがよろよろとサリーに近づく。彼女はためらい、何度か後退するが、結局サリーに両腕を回し、抱きかかえる。サリーはこわばるが、されるままになっている。

エマがナイフを見つけ、座る。二人をしばらく見つめる。彼女はナイフを見る。

エマ　以前犬を飼ってたの。私が冗談でブチの淫売って言うと、夫が笑ってね。でも本当にブチの淫売だったのよ。お互い嫌いあってた、あいつ、私が咬みつき返せないことを知ってて、咬みついてきたからね。で、あるとき、私がネズミ捕り用に置いておいたヒ素を食べちゃって、吐きながら吠えてた。

真っ先に浮かんだのは、あ~困った、厄介なことになる、ウォルターは私がわざとやったんだろうって思うだろう。あの淫売、私にやられたってメモを残しかねないタマだったからね。とはいえ、苦しんでたしね、見てられなかった。それで自分のコルセットを外して、ひもを喉に巻き付けて、ラクにしてやった。

サリー　何言ってんの、こいつ？

エリザベスがエマを見つめる。意味を理解する。

エリザベス　でもウォルターは？　大変だったんじゃ？

エマ　死骸はキレイにして、私が買い物から帰ったときにはもう死んでたって言っといた。

エリザベス　疑わなかった？

エマ　まあ、うん、姉がたまたま居合わせて、本当だって証言してくれたから何とか。

エリザベス　姉妹、仲がいいんだ?

エマ　そうだね。子どもの頃はケンカばっかりしてたけど今は親友よ。あんたと同じで、出産の大変さも理解してくれるし、それにみんな信じないだろうけど私、家の中ではと~っても優しい、ヤワな女だからね。

サリー　はあ。煮詰めたフクロウみたいにヤワかよ。**クソババア。**

サリーは痛みで床をずるずる滑る。エマとエリザベスが顔を見合わせる。外では野次馬の叫び声が大きくなり、錯乱状態になっているのがわかる。エリザベスがエマを見て頷く。エマも頷く。サリーには見えないところで、エマは目をつむり、手を耳に当てる。

エリザベスがハンカチを取り出す。それに唾を吐き、サリーの前に跪く。母らしい所作で、サリーの顔を軽く叩くようにしてキレイにしてやる。サリーが跳ねる。

サリー　何すんのよ!

エリザベス　時間よ。汚い顔のままじゃイヤでしょ。

エリザベスが顔を上げ、窓の外を見る。

エリザベス　あ～サリー、見て。
サリー　ナニ。
エリザベス　上のほう、ほら？
サリー　**ナニ**。
エリザベス　彗星。

サリーが見る。痛みで苦し気な息。エリザベスが後ろに回る。

サリー　来るの？
エリザベス　そう。天が裂けるぐらい速いかと思ってたけど、ゆっくり動いてる。

サリーが探すように空を凝視する。舌打ち。

サリー　ないよ。何もないよ？

気づかれないようにエリザベスは静かに自分のコルセットからひもを抜く。

エリザベス　もっと上。上のほう。

サリーがもっと高いところを見上げる。

もっと。

サリーがもっと高いところを見上げる。

もっと。

サリーがもっと高いところを見上げる。今や彼女の首は思い切りのけぞっている。喉が見えている。

サリー　あ〜……見えない……あれは鳥だ、何も／見えない

エリザベスがひもを喉に巻き付ける。

エリザベス　（／からかぶせて）目が慣れてないのよ、一日暗いところにいたから。あそこに見える、雲の下、ホウキみたい、ほら？

サリー　どの雲？　どこ⁉

エリザベスがわざと明るい声で言う。

エリザベス　そこ！　空の一番高いところ。シミみたいな、汚れみたいなの。

サリーが見ようと首を伸ばす。

サリー　どこ？　ホントに見えない……

エリザベスがサリーの頭にかけたひもを動かし始める。サリーが小さく叫ぶ。

サリー　あッ。

突然暗転。

幕。

註

＊1　イーストアングリア　ノーフォーク州とサフォーク州を含むイングランド東部。
＊2　ハレーって学者　イギリスの天文学者エドモンド・ハレーのこと。「ハレー彗星」の軌道計算などで有名。
＊3　ミッドナイトウーマン　意味は不明。わざと謎の言葉にしている可能性が高い。
＊4　ローストフト町　サフォーク州の漁港・保養地。
＊5　巡回裁判　七一年まで民事・刑事裁判のため、年四回ほど判事をイングランドおよびウェールズの各州に派遣した。
＊6　ブラック法　一七二三年、イギリス議会で可決された法。黒法とも。「ザ・ブラックス」と呼ばれる、顔を黒く塗りつぶして密漁、襲撃に及ぶ二つのグループが発生した、それを取り締まるための法。
＊7　アヘンチンキ　昔の鎮痛剤。
＊8　空の向こう　ここでの「空」は、welkin ＝大空、天国、上空を指す。
＊9　クリスマスから二ヵ月　「クリスマスからざんげの火曜日まで」が原文。大斎節の初日の前日。

＊10 ウィリアム・ピット　初代チャタム伯。一七〇八―七八年。ここで語られている「戦争」は、ヨーロッパを中心に世界的に起きた七年戦争のこと。

＊11 神の子羊　キリストのこと。

＊12 秋なのに、暑い日　原文は「年末なのに暑い日」。またこの頃は、女性が大勢いる部屋で分娩した。

＊13 野生のウイキョウがいっぱい咲いてる　原文は「ニクシーの底地の野生のウイキョウが咲いてるところ」。

＊14 四旬節　灰の水曜日から復活祭の前日までの日曜を除く四〇日間。

訳者あとがき・解説

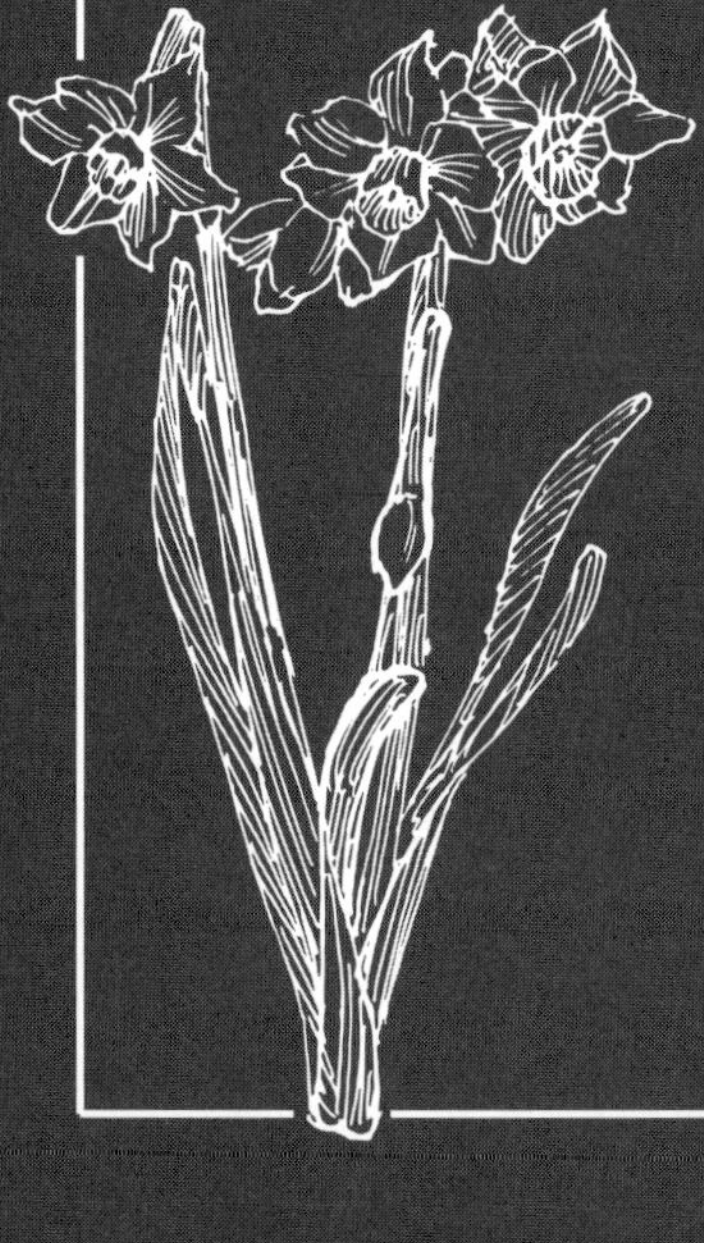

訳者あとがき

徐賀世子

子宮から人間をひねり出し、この世に新しい命を誕生させる――男女平等が、人類の達成すべき目標に制定されて久しいが、今のところ出産が可能な性は、人間においては、女性だけである。出産は、人類という種を継続させるのになくてはならないもの――となれば、女性として生まれた者は、多かれ少なかれこの「出産」に人生を左右される。一口に「出産」と言っても、そこに付随する諸々の環境は千差万別だ。周りから祝福される出産、秘密の出産、苦しい出産、楽な出産――世の中がどれほど便利になろうとも、また妊婦をサポートする体制がどれだけ整おうとも、出産それ自体は非常に原始的である。中世の農婦も、貴族も、現代のキャリアウーマンも、妊娠後、月満ちて陣痛が来れば七転八倒し（最近は無痛分娩もあるが）、たくさんの血を流し、子宮から子どもを押し出し、一仕事終えるのである。

さらに中世においては、出産に加えて、一般女性の肩には家事労働という重荷がのしかかっていた。貴族が優雅な生活を送れたのは、家事労働をする使用人や奴隷たちがいたからであって、そのような贅沢と縁がない労働者階級の女性たちは、「出産」「労働」「家事」の三大仕事をこなさなくてはならなかったのである。現代でも共働きの三〇〜四〇代の女性から「夫が家事を手伝わない」という愚痴があがるようだが（ちなみに昭和の妻の愚痴は「夫が飲む、打つ、買うのどれかにハマっている」であった）、この時代の家事は、現代とは比較にならないほどの重労働であった。『ザ・ウェルキン』においても、女性たちは攪拌機でバターを作り、ホウキで掃除をしている。暖をとりたいときは薪を割って火を熾《おこ》さねばならなかったし、洗濯も手作業である。裾の長いドレスを着ながら畑仕事や家業に精を出し、夫の食事を作り、子どもの世話をし、夜の生活の相手もし、命がけで出産もし——昔の女性はよくこれだけのことをやってきたものだ。感動すら覚える。

翻訳の際には、中世の家事労働が具体的にどのようなものか、手を尽くして調べた。文献では理解し難いものも、海外のＹｏｕＴｕｂｅをリサーチすれば、昔の料理や家事を再現している映像が見られる。百聞は一見に如かずというが、大変助かった。もう一つ、訳すにあたって心を砕いたのは、なんといっても十二人の女たちの、それぞれの人物像を作り上げることである。一人ひとりに命を吹き込むために、徹底的に各登場人物の性格を分析し、そのうえで喋らせるようにした。いい戯曲では、一度その人物を作ったら、勝手に喋ってくれるのだ。

ここからはネタバレを含むため、まだ戯曲を読んでいない方は、そちらを読んでから、以降にお目通しいただきたい。

『ザ・ウェルキン』の主役、助産婦のエリザベスには秘密があった——うら若き娘時代、奉公にあがっていた屋敷で、下劣な貴族に犯され、妊娠し、生まれたばかりの子を手放したのである。時が過ぎ、再びエリザベスの人生に、別れていた我が子が登場する。裕福な貴族の子どもを殺し、吊し首を言い渡された死刑囚サリーとして、である。サリーは、自分は妊娠していると主張する。妊婦であれば死刑から逃れられるから、嘘をついている可能性もある。そこで裁判所は、十二人の女を集め、サリーが妊娠してるかどうか調べるよう申し付けた。その調査員の一人にエリザベスも選ばれたのだ。

十二人の女たちは、性格も環境も十人十色——サリーに同情する者、さげすむ者、貴族におもねる者——サリーの妊娠をめぐり、一人ひとりの私生活、隠された本音が明らかになってゆく。彼女らの悩みの根源は現代とほぼ変わらない。世間体、夫や子どもの有無、いかに生活の糧を得るか、重い家事労働、更年期、充足感を得られない男性目線のセックス。若いうちは大人しい女たちも年齢を重ねると大胆になる。夫が射精しそうになったらレンガで殴る、男は卒業し女同士慰め合うと発言する者もいる。年を重ねて白馬に乗った王子様が幻想だと悟ると、女性は急に現実的になるようだ。

エリザベスの隠し子サリーはどうだろうか。白馬に乗った王子様は現れたのだろうか。サリーは劣悪な環境で育ち、劣悪な結婚をして苦労する。そこにふらっと現れたやくざ者。サリーにとっては人殺しの泥棒も、どん底から連れ出してくれる王子様に見えたのか。いいことなど一つも起こらないが、悪いことだけは寄せ来る波のように起こり続ける、光の見えない人生。楽しみと言えば家事の合間の想像だけ。白昼夢と現実が混濁したのか、サリーは凶悪犯とともに出奔し、少女殺しという大罪を犯す。そして捕縛されたときには、やくざ者の種を腹に宿していた——。

サリーの妊娠は事実であった。が、被害者の娘の母親が手をまわし、見張りの男に金を渡してサリーを襲わせ、その場で流産させる。エリザベスは最後までサリーを吊るし首にさせまいと奮闘していたが、流産してしまえば、死刑確定だ。中世の死刑は見世物と同義である。見物人たちは死刑囚に罵声を浴びせ、死刑が執行されると遺体を損壊して一部を戦利品よろしく持ち帰るという蛮行に及ぶのだ。大衆心理はいつの世も同じらしい。人には、人を貶めることに快感を覚えるという本能があるのだろうか。

流産したサリーは、自分が死んでから大衆の玩具にされるのは嫌だと泣き叫ぶ。そこでエリザベスが下した決断は——この世に産み落とした我が子を、自分の手で絞殺するという大胆なものであった。悪意をもった大衆にメチャメチャにされるぐらいなら、自らの手で、我が子をあの世に返す、と決めたのだ。「子故の闇に迷う」という言葉があるが、エリザベスは迷わなかった。逡巡はしたが、迷わなかった。遊び心で彼女を犯した貴族も、サリーの暴力夫も、サリーを誘い出したやくざ者も、無慈悲な大衆も、エリザベスの、母親としての堅固な決意の前には、かき消される。

もし、あなたがエリザベスの立場だったらどうだろうか。どうされただろうか。私ならどうするか自分に問いかけてみたが、結論は――その場にならなきゃわからない。エリザベスはサリーを産んですぐ養子に出してしまったが、手元で育てた子なら、あらゆる情が湧いてきて、とても殺せなかったのではないか、とも思う。エリザベスは助産婦という仕事柄、人より多く死を見ているから、死に慣れていたのでは、とも感じた。それにしても、である。私なら、いやほとんどの母親が、パニックになって泣き叫んで醜態をさらすか、茫然として呆けたようになるか、結局何もできないのではないか、というのが正直なところだ。

作者のルーシー・カークウッド氏は、エリザベスにサリーを殺させる手段に、絞殺を選んだ。なぜ毒殺や銃殺ではなかったのか。もっとも原始的な手段、被害者と加害者が密接に身体を接触させるであろう絞殺だったのだろうか――文明が進むと、人の生活から、生々しいもの、穢れを感じさせるものがどんどん排除されていく。道路は舗装され土が見えない。ぼっとん便所もほぼ消えた。生理用品の進歩には驚くばかり。戦いも、剣や槍を突き刺して敵を倒すものから、銃火器を操作するもの、核兵器を使用するものへと変貌を遂げている。パソコンや携帯を使って、一瞬にして世界とつながれることは素晴らしい。しかし、画面の向こうの相手の息遣いを肌で感じることはできるだろうか。地球の向こう側、さらには宇宙にいる誰かにもアクセスできるテクノロジーが人類にもたらした恩恵は計り知れない。だが、自分が肌で感じること、ある時間、ある場所で、ある相手と過ごすこと、誰かのバイブレーションをその場で直に受け止めることの尊さも、同様に尊重したいと思うのは私だけだろうか。

人間の誕生を手助けすることを生業とするエリザベスは、我が子のバイブレーションを自分の手で消した。人は生老病死からは逃れられず、突然襲ってくる不幸を避ける術ももたない。とりわけサリーにとって、この世はとてつもなく生きにくい場所だった。エリザベスは、母親として、我が子が背負う残酷な運命に歯向かったとも言えるだろう。ヨヨとは泣かず、気絶もせず、助産婦として鍛えた腕力を頼りに、地上では助からない子を、自分の手で空の向こうに送ったのだ。

我が子を絞殺することを選んだエリザベスの思いの重さ、そして彼女を、サリーを、そこまで追い込んだあらゆる世間の慣習、男女不平等、階級社会、無慈悲な大衆といったファクターの不条理を、肌で、毛穴で感じていただけたなら、訳者として嬉しい限りである。

遠い将来、彗星が次に来るときのことを考えて

――ルーシー・カークウッド『ザ・ウェルキン』解説

松永典子（早稲田大学教員）

ルーシー・カークウッド（一九八三―）は、今日のイギリスを代表する若手劇作家の一人である。二〇〇五年に第一作を発表して以来、彼女はじつにプロダクティブに活動している。代表的な作品を挙げると一九八九年の中国民主化運動を中国人登場人物と米国人報道カメラマンの視点を通して語られる『チャイメリカ』（二〇一三）、津波による原子力発電所の事故後の世界を（福島ではなく）イギリスに移して描かれた『チルドレン』（二〇一六）、姉妹の葛藤を描いた『モスキート』（二〇一七）があるが、どの作品も、英国有数の劇場で名だたる俳優が演じ、『ガーディアン』や『フィナンシャル・タイムズ』などイギリスの主要新聞雑誌の演劇評で取り上げられるなど同世代劇作家のなかで

も抜きんでている。

カークウッド作品を注目するのはイギリス国内のみではない。米国でも『チャイメリカ』は二〇一九年にテレビドラマ・シリーズとして放映された。日本では、二〇一八年に『チルドレン』（栗山民也演出、高畑淳子他出演、小田島恒志翻訳）、二〇一九年に『チャイメリカ』（栗山民也演出、田中圭他出演、小田島則子翻訳）、そして本書『ザ・ウェルキン』が二〇二二年に加藤拓也演出、吉田羊、大原櫻子他出演で上演される。

カークウッド作品がグローバルな舞台で上演されるのは、おそらく、彼女が作り出す舞台がフィクションでありながら、グローバルに注目された大事件（大国における民衆圧政、原発事故など）を背景にしているだけでなく、そこに生きる人びとがリアルに描かれているからであろう。たとえば『ザ・チルドレン』を観た批評家は、世界的大事件後の世界を想像するのは誰しも容易ではないが、原発事故後にもジェイムズ・ブラウンの音楽や同時代のラジオ番組を聴くなど、現代イギリスに住む人びとと同じような生活を過ごす人物を登場させることで、非日常であっても日常を維持しようとする人びとの姿を想像させてくれると指摘する。いわば、カークウッド作品は、天安門事件やFukushimaといった大事件と観客の日常が地続きであることを示そうとしているのである。

一方、本書『ザ・ウェルキン』が描くのは、これまでの作品のような現代の大事件ではない。十八世紀のイギリスの地方で、ある殺人事件の被告女性が妊娠しているかどうかを、法廷という密室に閉じこめられた十二人の女たちが見極める物語である。近年のロンドン演劇では、フェミニズムを主題とした作品が数多く上演されている。イプセン『人形の家』(一八七九)やキャリル・チャーチル『トップ・ガールズ』(一九八二)などの古典作品だけでなく、ヘンリー八世の六人の妻たちが歌って踊るミュージカル『シックス』(初演二〇一七)、女性参政権運動家として著名なシルヴィア・パンクハーストを描いた『シルヴィア』(初演二〇一八)のように、新作の上演も多い。主要登場人物のほとんどが女性の『ザ・ウェルキン』も、こうしたフェミニズム作品の一つとして読むことができる。

本稿では、日本の読者にとっては馴染みの薄いであろう十八世紀のイングランドの設定をひもときながら、時代劇に思える『ザ・ウェルキン』の現代性をフェミニズムの文脈から示すことができればと考えている。

◆十八世紀――男たちの「理性と散文の時代」

『ザ・ウェルキン』の舞台は、ハレー彗星到来直前の一七五九年三月、イングランド東部のノーフォークとサフォークの州境と、極めて明確に時間と場所を指定されている。舞台となる十八世紀とはどのような時代だったのか。

イギリス史上、名誉革命(一六八八―一六八九)以降は一つの時代として論じられる。一六八九年に承認された権利章典によって、国王は議会を無視することができなくなり、また、ホイッグ党とトーリー党の二大政党政治が形成され、議会政治が進展した。このような流れから十八世紀とは、それまでの王政から議会政治へと転換した時代とみなされている。

議会政治の進展によって発展したのがジャーナリズムである。トーリー党は自らの主張を著名な文人に宣伝させた。そうした書き手が『ロビンソン・クルーソー』（一七一九）の作者ダニエル・デフォー、『ガリヴァー旅行記』（一七二六）の作者ジョナサン・スウィフトである。彼らの名前が飛び抜けて有名であるが、英文学を学ぶ者が十八世紀というと必ず覚えさせられるのはコーヒー・ハウスである。現代日本のコーヒー・チェーン店はリモートワークの空間になっているようだが、十八世紀イングランドの都市部では、こうした著名作家の寄稿文が掲載される定期刊行物を読みながら、身分・職業を問わぬ客たちがコーヒー・ハウスと呼ばれる社交クラブで大いに議論を戦わせた。コーヒー・ハウスに象徴されるような市民社会文化の発展こそ、十九世紀の詩人マシュー・アーノルドが十八世紀を「理性と散文の時代」と評した理由であろう。

市民の社交の場の発達を支えたのが、産業の発展である。経済史研究者のロバート・C・アレンによると、イギリス産業革命は一七六〇年から緩やかに始まった。蒸気機関などの技術発展は、製糸工場を実現し、産業が発展し、持続的な経済成長を可能にした。

そもそもコーヒー・ハウスで提供されたもので国内産と言えるのは、定期刊行物だけだったのではないだろうか。雑誌や新聞はロンドンをはじめとした出版社が産みだしたものだが、そこで提供されていた飲食物はイングランドの外からの輸入品であった。トルコからのコーヒー、中国からのお茶、西インド諸島（いわゆるカリブ海）からのチョコレート、ヴァージニアからのタバコ。コーヒー・ハウスで出されるこれらの品が示しているのは、大英帝国の萌芽が確実に生まれていたことである（Buholz and Ward 260）。

『ザ・ウェルキン』との関わりでもっとも重要に思われるのは、自由な社交の場であったはずのコーヒー・ハウスの常連客が男だけだったことである。十八世紀イギリス文学の研究者によると、店を切り盛りする経営者（barkeeper）として働いていても客――議論の参加者――として女はいなかった（Clery 19）。コーヒー・ハウスで社交が許されたのは男性客だった。

以上のように、歴史的にみれば、『ザ・ウェルキン』の登場人物たちが生きる十八世紀のイングランドはたしかに、市民が政治や文化について自由闊達に議論しはじめた、いわばデモクラシーへ一歩踏み出した時代だった。しかし、そうした議論の空間を享受できたのは宗主国の男性だけだった。

◆現代フェミニズム文学としての『ザ・ウェルキン』

『ザ・ウェルキン』の第一幕は、十八世紀の女たちにとってコーヒー・ハウスの談話文化など無縁であったことをはっきりと示す。カークウッドは本作を執筆するにあたって、舞台となる十八世紀の歴史的状況の調査よりも、はるかに時間をかけたのが現代の育児家事をする人たちのリサーチだとインタビューで答えている。鍋磨き、洗濯、繕い物、おむつの交換、家中の掃除。第一幕一場では十二名の女たちが登場するが、セリフは一切ない。聞こえてくるのは、赤ん坊の泣き声、女たちが家事労働を黙々とこなす音だけである。読者／観客は、洗濯機や電子レンジなどの家電製品のない時代の家事労働を想像するほかはない。洗濯は十九世紀に入っても重労働の最たるものだったし、ホームベーカリーなどなしにパン生地をこねるのも一苦労だったに違いない。断続的に聞こえてくる攪乳器（バター作り器）の音は、女たちの家事労働が容易ではないことを示唆する。あいにくと筆者は経験がなく作品の記述から想像するしかないのだが、バター作りはかなり長時間掛かるうえに一度開始すると手を休めることはできないらしい（「今お喋りできないんです、バターがダメになっちゃう」本書十八頁）。このように本作が焦点化しようとするのは、働く女たちなのである。

さまざまなバックグラウンドをもつ女性登場人物が自分の経験を語るという点において、本作は、前述のフェミニズム演劇の古典『トップ・ガールズ』を想起させる。『トップ・ガールズ』の古今東西の歴史上や架空の女性登場人物たちが、サッチャー政権下を生きるキャリアウーマンとともにそれぞれの苦境を共有するように、『ザ・ウェルキン』においても女たちは、コーヒー・ハウスという社交の場の代わりに法廷という公的空間で、自分たちの経験を共有するのである。ただし、彼女たちの議論にはいくつかの条件がある。『ザ・ウェルキン』の女たちには、『トップ・ガールズ』のような豪華な食事は提供されない。照明もロウソクもない。女たちだけでなく男にも条件が課される。法廷内の唯一の男性で下級役人クームスもまた口をきくなと命じられる。

『トップ・ガールズ』が中世、近世、十九世紀、二〇世紀の架空の女たちを時空を超えて対話させたように、本作にも、十八世紀と現代とを接続させる仕掛けがある。「陪審員については、民族的ルーツは多岐にわたっていてかまわない。一七五〇年代のイーストアングリアではなく、芝居が上演されている現代のその場所における民族の比率をそのまま反映させることが大切である。」（強調引用者、本書八頁）。このようなト書きの指示にしたがって、二〇二〇年のイギリス初演ではアフリカ系やアジア系などさまざまな出自をもつ役者によって、女性陪審員は演じられた。演じる者の属性を指示することによって、『ザ・ウェルキン』は、観客たちに、本作で描かれていることが過去ではなく、今日と地続きの問題であることを暗示させるのである。

チャーチル作品とカークウッド作品の決定的な相違点は、前者が、結末を読者に委ねるオープンエンディングであるのに対して、法廷劇の本作は一つの決断を最終的に下すように見える点である。法廷の議題は、被告サリーが妊娠しているかどうか、である。当時の法律では、妊娠していれば彼女は死刑を免れる。いわば陪審員らは一人の女性の生死の決断を迫られている。『十二人の怒れる男』の陪審員がみな被告の少年を有罪と言うなか、ただ一人の陪審員が無罪を信じたが、本作においては、助産婦のエリザベスがサリーの妊娠をはっきりと主張する。エリザベスだけが、暴力的で理性的な行動をとれないサリーに寄り添い、シスターフッド――フェミニズムの理想――を実践しようとしている。

窃盗などの犯罪歴があるサリーは嘘をついている、なぜ、法廷をさっさと終わらせないのかと問う女たちに、エリザベスは次のように返答する。

〔サリーが〕旦那の証言で吊るし首を宣言されたからよ……物心ついてからこの子が引いたカードはむごいものばかりだったからよ。お産のことなんか何も知らないのに知ったかぶりした男たちが刑を宣告して、今は私たちがその男たちと同じことをしようとしてるからよ……この子を好きになれとは言わない。この子に寄り添ってほしいの、そうすればこの子も自分は人に寄り添ってもらう価値があるって思えるでしょう。それもできないって言うんなら、遠い将来、彗星が次に来るとき、この部屋にいるであろう婦人陪審員たちのことを考えて。彼女たちが私たちの非情さをどう思うか、どんなに恥ずかしく思うか。私たちは与えられた権利を泥につけようとしてる、この部屋の下で起きたこととそっくり同じことをしようとしてる。（本書一〇七–一〇八頁）

エリザベスは、王政ではなく、陪審員という法制度によって結論を出そうとする権利を与えられているのに、それを放棄することの是非を問い返している。彗星の周期を前提に話すエリザベスの議論の根底にあるのは、科学であり、十八世紀的な理性の知である。エリザベスは助産師として、生殖《リプロダクション》（出産、男性の勃起障害）や育児（哺乳困難、夜泣き、母乳不足、育児ノイローゼ）の女たちの相談に寄り添ってきた（本書一三四頁）。にもかかわらず、陪審員も、被告のサリーですら彼女の言葉を信じず、医学の権威として医者を呼べと要求する。それだけではない。彼女たちはみな、妊娠や出産の経験者であるはずの自分たちの経験知を信じることができない（本書一三四頁）。彼女たちの問題は、原発事故後を建て直そうとする物理学者（『チルドレン』）や巨大国家と向き合うジャーナリスト（『チャイメリカ』）のような知識をもたないことではなく、女という自分たちの仲間の言葉を信じることができないことである。

サリーに寄り添ってほしいと言うエリザベスの呼びかけは、まさにシスターフッドの表明である。言い換えれば、本作で彼女が直面しているのは、女たちによるフェミニズムの否定である。現代の批評用語では、そうしたフェミニズムの現象を「ポストフェミニズム」と呼ぶ。

ポストフェミニズムとは、論者によって定義が異なるが、メディア、フェミニズム批評、ポストモダン批評にいたるまで、文化・学術・政治の文脈において二〇世紀後半に台頭してきた現代のフェミニズムの状況を指す批評用語である。直訳すれば「フェミニズムの後」を意味するが、すべてのフェミニズムを否定しているのではない。長いフェミニズムの歴史は波の比喩で説明されることが多い。普通参政権を主張し、一九一〇年代に盛り上がった第一波フェミニズム。一九六〇年代後半以降の反戦や学生運動などの社会運動を背景に盛り上がった第二波フェミニズム。ポストフェミニズムが否定するのは後者である。普通選挙法をはじめ男女平等の目標は達成されたので、もはやそれは過去の遺物であり、女たちに必要なのはフェミニズムという集団的思想ではなく、個人の努力で能力を磨く個人主義的思想である。

このようなポストフェミニズム言説において、河野真太郎は、キャリアを追求するため戦う女と、家事や育児に追われて働き通しの女という二種類の人物の生産が多く見られると指摘する。ただし、彼女たちを勝ち組と負け組のように二項対立的に捉えるような見方こそがイデオロギー的な幻想だ。そうした対立構造の強調は女の問題を不可視にする。勝ち組を輝かせる光は、女たちの状況を理解する遮断幕になっていると河野は言う。つまり、勝ち組とされる女たちは、個人が努力するという条件付きの実現不可能な夢である。その努力の前提が問われることはないままに、グローバルなエリート女性に皓々とスポットライトが当てられる。そのスポットライトによって女たちは自分たちの状況が見えなくなる。

現代のポストフェミニズムの文脈に置いたうえで、今一度作品を読み返してみよう。女たちにはいくつかの共通点がある。一つは先にも述べたように労働である。サリーも例外ではない。シーツを繕い、アイロン掛けをする（一五九―六〇頁）。

ただし、同じように労働していても、サリーと陪審員女性には決定的な違いがある。シャーロットを代表として陪審員たちは道徳的で抑制的である。しかし、サリーは「欲しくて、欲しくて、欲しくて、欲しくてたまらない気持ち」（一六二頁）を公言し、欲望を肯定的に捉える。トーマスが加害者で「あなた自身が被害者だった」と言うエリザベスの言葉に、サリーが納得しないのは、自分が彼を「作り上げた」（一五九頁）と信じたいからだ。彼女は、被害者ではなく能動的想像者でありたいのである。だから彼は彼女にとっての解放の夢なのである。つまり、彼女が主張しているのは、たとえ義父や夫の暴力や雇用主によるレイプに被害を受けていたという事実があったとしても、主体者としての自分である。みんなに頼られる助産婦／みんなの侮蔑の対象となる殺人容疑者。

議論を信じる理性の人／粗野な言葉遣いの若年女性。理性と欲望。夢見る娘サリーは、エリザベスという母のシスターフッドを否定する。

対立的に見えて、しかし、女たちには労働以外にも共通項がある。サリーが生理前症候群や女性器の病――子宮ガンや卵巣ガンもしくは子宮内膜症を想起させる――を抱えていることが示唆される（「病気の見本市みたいな娘さんだ」一七八頁）ように、女たちはみな、性にまつわる身体の苦しみ（レイプ、出産、不妊、流産、生理痛、更年期、性暴力）を等しく抱えている。

ただし、筆者には、女性器を基盤とした身体的苦しみだけを、本作のフェミニズムの基盤とする読み方は適切ではないように思われる。なぜなら、フェミニズムの基盤として生物学的性差を求めることが、現実世界でトランスジェンダー嫌悪という深刻な問題を引き起こしているからだ。ハリー・ポッター・シリーズの著者として知られるJ・K・ローリングの排除発言がもっとも有名だが[1]、トランス女性を排除しようとする動向は、イギリスを含め日本でも見られ、多くのフェミニストたちが反論している。[2]先にシスターフッドというフェミニズムの理想に言及したが、もし身体的特徴をフェミニズムの要件だとすると、解剖学上の「女」だけがその対象となる。かつて竹村和子は、「フェミナ（女）」という語を元に作られた造語である限り、フェミニズムという言葉には限界があると述べた。それでもなお竹村がその言葉を用いるのは、フェミニズムという概念によって、「女」というもっとも身体化されている存在を歴史化すること、「女」のアナロジーを用いた抑圧形態からそのアナロジーを奪い去ること（竹村 viii）に希望を見出しているからだ。どうすれば、そのようなフェミニズムが実現しうるのか。

『ザ・ウェルキン』が示すのは、身体化された「女」への抑圧に抵抗する者の紐帯である。理性を体現するかのようなエリザベスは最終的に（たとえシスターフッドが動機であったとしても）サリーと同じく罪人となった。しかし、罪人は彼女たちだけではない。エマもエリザベスの行為を幇助した。いや、厳密に言うならば、パンを食べ、暖をとって法廷の禁止事項を破ったという意味で、道徳的なシャーロットを含め陪審員たちはみな罪を犯している。これらの場面が示しているのは、理性の産物であるはずの法廷が平等な議論を担保しない抑圧形態であったことである。人の生死を左右する法廷で適切な議論の場を保証しないなどあり得ない。

「女」たちはさまざまに罪を犯している。その原因としてカークウッドが示唆するのが、断続的に、しかし、否応なしに聞こえる法廷の外の群衆の声である。群衆の怒号は、二〇二二年現在を生きる筆者には、オンライン上の罵詈雑言を想起させる。少なくとも、女という攻撃対象を要求する群衆は、「女」たちのフェミニズムをとりまく現実を象徴している。フェミニスト的な解放を希求するサリーとエリザベスの痛ましい決断は、社会的不正義や性差別を見逃す社会の抑圧の結果なのである。「女」たちの対立も罪も「女」だけで作られていない。それが、カークウッドが描いた「女」の現実なのである。

『ザ・ウェルキン』の「女」たちはずっと天空《ウェルキン》を見上げ、彗星を待ち望んでいる。筆者には、それは、彼女たちがフェミニズムとは何かと問う姿のように思われる。トランス排除言説に与することなく、いかにフェミニズムを語ることができるのか。ジェンダー、セクシュアリティ、階級、人種などさまざまな差異をもつ私たちがコモンをもてない遮断幕は何なのか。そのことを考えながら、本作を手に取っていただければと心から願う。

＊　＊　＊

註

（1）たとえば「ハリポタ作者、トランスジェンダーをめぐる発言で物議――映画出演者も批判」『BBC News Japan』二〇二〇年六月十一日を参照。https://www.bbc.com/japanese/53003426、二〇二二年五月二九日アクセス。

（2）トランスジェンダー排除に対する抵抗の一例としては、二〇二一年五月十七日の「同性愛嫌悪や両性愛嫌悪、トランスジェンダー嫌悪に反対する国際デー（IDAHOBIT）」に開催されたオンラインイベント「トランスジェンダー排除にどう対応するか――大学、メディア、当事者・支援者の視点から」がある。当日の様子については松岡参照。

参考文献

Allen, Robert. *Global Economic History*. Oxford University Press, 2011.

Bucholz, Robert O. and Joseph P. Ward. *London: A Social and Cultural History, 1550-1750*. Cambridge University Press, 2012.

Clery, Emma J. "Sexual Alchemy in the Coffee-House." *The Feminization Debate in Eighteenth-Century England*. Palgrave Macmillan, 2004.

"From Script to Stage I Lucy Kirkwood and James Macdonald." *YouTube*, uploaded by National Theatre. https://www.youtube.com/watch?v=-vPoqGoQL4E.

Kaul, Suvir. *Eighteenth-Century British Literature and Postcolonial Studies*. Edinburgh University Press, 2009.

河野真太郎『戦う姫と働く少女』堀之内出版、二〇一七年。

竹村和子『フェミニズム』岩波書店、二〇〇〇年。

松岡宗嗣「トランスジェンダー排除への対応「共に手を取り合うために」立場を超えて18名が議論」『Yahoo! ニュース』https://news.yahoo.co.jp/byline/matsuokasoshi/20220525-00297684、二〇二二年五月二九日アクセス。

【著者】

ルーシー・カークウッド

(Lucy Kirkwood)

1983年10月生まれ。ロンドン出身の劇作家・脚本家。
2005年初の戯曲 *Grady Hot Potato* 上演。
2013年5月上演の戯曲『チャイメリカ（原題：*CHIMERICA*）』で
2014年ローレンス・オリヴィエ賞最優秀作品賞を受賞。
2019年栗山民也による演出で日本上演、
読売演劇大賞・大賞と最優秀演出家賞受賞。

【訳者】

徐 賀世子

（じょ・かよこ）

東京都出身。
『セックス・アンド・ザ・シティ』『ザ・シンプソンズ』
『ハンガーゲーム』『少林サッカー』など、
多数の海外ドラマや洋画の吹き替え翻訳に携わる。
2006年、初めての戯曲翻訳『ヴァージニア・ウルフなんかこわくない？』
（シス・カンパニー公演）で、
第14回湯浅芳子賞を受賞。
以降『デスノート THE MUSICAL』『管理人』『セールスマンの死』『十二人の怒れる男』
など、舞台翻訳も多く手掛ける。
翻訳戯曲出版に『ミネオラ・ツインズ』（小鳥遊書房、2021）。

ザ・ウェルキン

2022年6月15日　第1刷発行

【著者】
ルーシー・カークウッド
【訳者】
徐 賀世子

発行者：高梨 治
発行所：株式会社**小鳥遊書房**《たかなし》
〒102-0071　東京都千代田区富士見1-7-6-5F
電話03（6265）4910（代表）／FAX　03(6265)4902
https://www.tkns-shobou.co.jp

装幀　鳴田小夜子（KOGUMA OFFICE）
印刷　モリモト印刷(株)
製本　（株）村上製本所
ISBN978-4-909812-89-6　C0074